© bei Wolfgang Tribukait,
Villingen-Schwenningen 2004, Hochkopfweg 21
Alle Rechte vorbehalten.
Buchdesign, Typographie: Annette Wünsche, ciceroundpixel
Satz: Hanno Schreiber, DerHanno@aol.com
Herstellung und Verlag: Books on Demand GmbH, Norderstedt
ISBN 3-8334-1065-5

Wolfgang Tribukait

Aus der Mitte gerückt

Geschichten unserer Zeit

Viele dieser Texte entstanden für die Literarische Werkstatt Villingen-Schwenningen und für die Zeitschrift „Eule" an der PH Freiburg i. Br., andere lektorierte Andreas Kirchgäßner, Merdingen. Allen, die in kritischen Gesprächen zur Verbesserung beitrugen, insbesondere meiner Frau, danke ich vielmals.

Über Autor und Buch:

Wolfgang Tribukait, Jahrgang 1932, wuchs nach der Flucht aus Königsberg in einer norddeutschen Kleinstadt auf. Studien der Geologie und Philologie, Gymnasiallehrer, überwiegend für Englisch und Französisch, in einer süddeutschen Mittelstadt. Holzskulpturen und kurze Texte. Er beobachtet das Leben von Menschen, meist in kleineren Städten – gibt es Erlebnisse, mit denen sie über den Alltag hinauswachsen? Hinter Unscheinbarem verbergen sich manchmal dramatische Geschichten, die sich in einem Brennpunkt verdichten. Wirklich Geschehenes verbindet sich mit frei Erfundenem. Verbissen kann das sein, wenn ältere Herren Lebensbilanz ziehen; tragisch, wenn die Suche nach Lebensfreude mündet in den Verlust von lange gewachsenen Beziehungen; mitunter skurril, wenn ein Kater erzählt, wie die Gäste „seines" toskanischen Landguts sich aneinander reiben. Ein breites Spektrum verschiedenartiger Themen, manchmal ausgefallene Begegnungen, amüsant, mitunter grausam, aber auch nachdenklich.

I. Unterwegs

1. Liebe Gäste   11
2. Ein Globetrotter   16
3. Schweres Gepäck   18
4. Rosen und Rostlauben   20
5. Reisezeit   23
6. Märkischer Sand   24

II. Wenn Dinge sprechen

1. Die Holzfigur   31
2. Die Brosche   34
3. Versuchung   36
4. Das Kostüm   38
5. Das Hochbett   41
6. Großmutters Bank   43
7. Ein Gott im Museum   45

III. Tierisches

1.   Die Qualle   50
2.   Die Wespenfalle   56
3.   Die Spinne   58
4.   Der Pfau und das Warzenschwein   61
5.   Die beiden Esel   62
6.   Zwei Schnecken   64
7.   Die Weihe   65
8.   Frutti de Mare   68
9.   Taraniberaun   70
10. Falter   72

IV. Lebensläufe

1.	Grundsätze	76
2.	Schalttafel	84
3.	Fleisch	88
4.	Ein alter Mann	92
5.	Besuch in der Vergangenheit	95
7.	Zoran der Hirte	98

V. Mit andern – oder ohne sie?

1.	Beflügelt	105
2.	Rehbraten und Radieschen	114
3.	Aus dem Ort gefallen	118
4.	Abgesondert	131
5.	Indianerjungen weinen nicht	135
6.	Computer-Fritzchen	138
7.	Der gefangene Hephaistos	141
8.	Es langt	143
9.	Dichte Hecke	145
10.	Maskenspaß	147
11.	Herbstwanderung	151

I. Unterwegs

Liebe Gäste

Gestatten Sie: Gatto maledetto. Wie Sie unschwer erraten, bin ich der eigentliche Herr dieser Fattoria. Groß ist sie nicht, das Haus, ein paar Reihen Oliven, Hecken und Holzstöße, und außerdem noch das Schwimmbecken. Aber das ist eigentlich zu nichts nütze – na ja, die Touristen, die sich im Sommer hier einnisten, schwimmen darin und faulenzen an seinem Rand. Es ist ruhig hier, im Frühling hört man den Kuckuck und im Sommer die Grillen; meine Katzen und ich, wir liegen in der Sonne, fangen, wenn wir Lust haben, ein paar Mäuse, und wir genießen die Stille. Normalerweise.

Vor ein paar Wochen kamen vier Inglese. Sie bewunderten gehörig das alte Haus, die schöne Aussicht, die Stille. Sie einigten sich, welches Paar welches Zimmer bewohnen sollte. Die beiden Signore wollten abwechselnd kochen, die Signori sollten im Städtchen einkaufen und helfen, das Gemüse zu putzen. Uns Katzen beachteten sie kaum – wie unhöflich!

Nach dem ersten Abend in einem Ristorante bereiteten die Signora Margaret und ihr Richard ein Essen, Bistecca inglese, Patate fritte, Salate – nichts Außergewöhnliches. Alle waren zufrieden.

Die Signorina Shirley und ihr David versuchten, Fische zu braten und Reis zu kochen – die Fische waren von der einen Seite halb roh, von der anderen verbrannt; der Reis ein schrecklicher Matsch. Zwar taten alle so, als schmecke es ihnen – aber was bekamen meine Katzen und ich für köstlich große Fisch-Portionen! Und der Reis wurde ein Festmahl für die Mäuse – ich fing zwei und legte sie als Zeichen meines Dankes auf Signorina Shirleys Platz. Wie konnte ich ahnen, was meine dankbare Geste am nächsten Morgen für Folgen haben würde! Die Signorina kreischte auf, taumelte zurück und stürzte; ihr Kopf schlug auf den Boden. Richard kniete neben ihr, richtete sie halb auf; David kam dazu, verstand nichts, fauchte Richard an: „You damned fool, what are you doing with my girl?" Fast wollte er Richard zerfleischen. Die Signora Margaret konnte zwar alles klären, aber Richard und David schwiegen sich weiter eisig an. Shirley zitterte noch immer und brachte von ihrem guten englischen Frühstück keinen Bissen herunter. So erhielten meine Katzen und ich die uns

11

zustehende Anerkennung. Nur Richard, diese kalte Bestie, wollte uns den Speck nicht gönnen – er sollte meine Revanche noch spüren!

Den Tag über lasen sie, David spielte ein bißchen Klarinette und streichelte ab und zu meine Katzen, manchmal badeten sie, und bei Margarets gutem Abendessen verabredeten sie, am nächsten Tag das Campo Santo in Pisa anzuschauen. Zwar erschienen David und Shirley reichlich spät, aber Richard und Margaret zogen nicht einmal die Augenbrauen hoch, und erst als es schon anfing heiß zu werden machten sie sich auf den Weg.

Ich sah sie zurückkommen: Richard und Margaret diskutierten noch über die in Pisa gemalten Höllenqualen: warum wollten die Menschen vor ein paar Jahrhunderten so schreckliche Dinge sehen? Keinem Kater käme es in den Sinn, seinesgleichen über kleinem Feuer zu rösten und so etwas auch noch zu malen! David und Shirley versicherten sich hundert mal, wie aufregend das sei: sie hatten ihre Londoner Bekannten getroffen! Die wollten herkommen – großartig!

Sechs Leute, die Männer in knallbunten Hemden, die Frauen in luftigen Fähnchen. Reichlich Wein hatten sie mitgebracht und eine Music-Box, und bald dröhnte es laut durch den stillen Sommerabend. Meine Katzen und ich, wir fanden nicht einmal zwischen der Steinmauer und den aufgeschichteten alten Olivenwurzeln unsere Ruhe. Die ganze Nacht ging das so, sie tanzten beim Becken, tranken mehr, als sie vertragen konnten, zwei mussten sich übergeben, einer fiel ins Wasser, und am späten Vormittag putzten Margaret und Richard mit bösen Gesichtern die übelste Sauerei auf. Die andern kamen erst am Nachmittag aus der Scheune und vom Dachboden. Als erfahrener Kater weiß ich, wie schön Liebesspiele sein können – aber eine Mondnacht im Freien eignet sich dafür doch viel besser als altes Gerümpel!

Ich hatte schon Angst, sie wollten vielleicht noch eine Nacht bleiben, aber Margaret verabschiedete sie höflich und eisig. Shirley merkte man an, wie verstimmt sie war. David fühlte sich noch am Tag danach hin- und hergerissen: er liebte seine Shirley, aber ihre Freunde – nein! Abseits unter den Oliven goss er seine Zerrissenheit in schmerzliche Töne seiner Klarinette. Mein Katerherz wurde aufs tiefste gerührt; aber Richard wollte eigentlich lesen; immer wieder blickte er ärgerlich hinüber – es half nichts. Shirley ließ sich den ganzen Tag nicht blicken, erschien auch nicht zum Essen; erst als es schon dunkelte, wollte sie noch ausgehen. David bot ihr an, sie zu begleiten, aber sie wies ihn zurück. Richard warnte: auf den Wegen hier gibt es tiefe Löcher und hohe Baumwurzeln. Shirley ließ sich nicht abschrecken. Als sie spät in der Nacht noch nicht zurück war, gingen die anderen sie suchen. Im Morgengrauen kamen sie wieder, Shirley humpelnd, die Arme um die Schultern der beiden Männer.

Der Dottore machte einen Verband. Von da an lag Shirley am Becken und ließ sich pflegen. David saß bei ihr und spielte für sie, Stunde um Stunde, schmelzende Melodien. Ich zerfloss fast vor Rührung und dachte an meine geliebte Giambalonga. Abends, nachdem es endlich still geworden war, begann ich meinen Gesang: il mio cuore pieno d'amore! Richard riss sein Fenster auf und brüllte in die Nacht hinaus: „Gatto maledetto!" Und noch zwei, drei weitere male: „Gatto maledetto!" Voller Wonne kostete ich meine Rache aus, ich nahm seine Worte als freundliche Aufmunterung und setzte meinen Gesang fort, bis endlich meine Angebetete auf dem Dach erschien und wir uns in Liebe vereinigen konnten.

Übrigens glaube ich nicht, dass die arme Signorina Shirley sehr litt an ihrem verstauchten Fuß; jedenfalls konnte sie damit ganz gut herumhumpeln. Aber Essen zubereiten konnte sie natürlich nicht, und ihr David auch nicht. Mit wütendem Gesicht tat Margaret es lieber selbst.

Richard gab David taktvoll zu verstehen, dass der ja wohl auch einmal einkaufen fahren und dabei für ihn auch die Financial Times mitbringen könne. David war fast den ganzen Tag unterwegs. Die Zeitung, die er Richard dann gab, war zerknittert und sehr zerlesen. Sie hatte ein paar Kaffee- und Whiskey-Flecken. Richard nahm sie mit spitzen Fingern wie einen schmutzigen Lappen; seine Frage, wieviel er David dafür schulde, schnitt wie scharfer Stahl in rohes Fleisch. David zuckte zusammen, murmelte etwas Unverständliches und suchte schleunigst das Weite.

Richard und Margaret fuhren am Morgen nach Firenze; für David und Shirley hinterließen sie einen Zettel. Selbstverständlich nimmt sich meine Familie das Recht, in Abwesenheit der Gäste auch auf dem Tisch nach dem Rechten zu sehen. Als meine Tochter Bianca an der Wurst schnupperte, trat Shirley ins Zimmer, fuchtelte wild mit den Armen, und vor Schreck stieß Bianca mit dem Schwanz das Milchtöpfchen um. Shirley schimpfte, wischte die Milch auf und tat den feuchten Zettel ungelesen weg. Als David und sie dann merkten, dass sie allein waren, ließen sie sich ein Taxi kommen. Margaret und Richard waren bei ihrer Rückkehr nicht gerade erfreut, das Haus menschenleer, unaufgeräumt und ohne Vorräte zu finden. Später, als sie mit den anderen über jenen Zettel sprachen, gaben natürlich alle mir die Schuld: Il gatto maledetto!

Richard wollte mich und meine Familie aussperren aus unserer Fattoria. Was bildete dieser arrogante Inglese sich ein! So weit kommt es noch! Jedesmal, wenn er die Türen öffnete, schossen wir blitzschnell hinein. Schließlich, ohne dass sie bemerkte was sie tat, schloss die Signora Margaret mich ein: Fenster dicht, Türe dicht, ich gefangen in ihrem Zimmer, alle fortgefahren den ganzen Tag. Es ist sonst nicht meine Art, und es ist mir peinlich, es zu berichten: aber schließlich konnte ich mein natürliches Bedürfnis nicht länger zurückhalten und verrichtete es in den Schuh, der unter ihrem Bett stand. Als sie spät in der Nacht heimkam, wunderte sie sich über den Geruch, merkte aber nicht gleich, woher der kam. Die Signora verlor sonst nicht leicht ihre Beherrschung – aber in jener Nacht hättet ihr sie hören sollen! Shirley konnte sich nicht verkneifen, deswegen in ihrem Zimmer laut zu kichern. Da stürmte Margaret, den Schuh in der Hand, in die Küche, griff das längste und schärfste Messer, raste damit in Shirleys Zimmer. Der hielt sie den Schuh mit Inhalt unter die Nase und zischte: „You eat this, or …" Sie hob das Messer. Lang unterdrückte Wut funkelte in ihren Augen, sie war bereit zuzustoßen.

Shirley kreischte, David packte Margaret von hinten und presste ihr die Arme an den Leib, Richard kam hinzu. Den Schuh mit Inhalt schleuderte Margaret Shirley an die Brust.

Ich hatte entsetzt zugeschaut. Jetzt packte ich schnell den am Boden liegenden Schuh und rannte damit aus dem Zimmer. Von fern hörte ich, wie sie Margaret allmählich beruhigten. Natürlich: der verfluchte Kater – aber war ich nicht völlig unschuldig?

Ja, am nächsten Tag fuhren sie ab, die vier Inglese. Ich darf Sie, meine Herrschaften, als neue Gäste in meinem Hause begrüßen. Ich hoffe, Sie werden sich darin wohlfühlen. Und sicher werden Sie sich stets bewusst sein, dass ich der eigentliche Herr dieses Hauses bin, ich, der verfluchte Kater gatto maledetto.

Ein Globetrotter

In der Fußgängerzone spricht mich plötzlich jemand an: „Hallo, Herr T., erst gestern noch haben der Felix und ich über Sie gesprochen! Das war schon eindrucksvoll, wie Sie uns vor 30 Jahren in der Höheren Handelsschule die Entstehung der Alpen erklärten!"

Wer hört so etwas nicht gern? Und natürlich frage ich nach, was aus ihm geworden ist. Biologe und Geograph ist er, die ganze Welt hat er bereist, und ob ich nicht Zeit und Lust habe, mit ihm auf einer Café-Terrasse eine Kleinigkeit zu trinken. Ja, ich habe; und der kleine, drahtige Mann von knapp fünfzig Jahren erzählt fast ohne Pause: wo er nach dem Abitur studierte, ein paar Jahre an einer Uni Assistent war, zu promovieren versuchte, was aber scheiterte; wie er dann ein paar Jahre als Lehrer an einer Privatschule angestellt war; wie er mit einer Frau zusammenlebte, die Beziehung zerbrach, und der Sohn inzwischen Arzt ist; wie er begann, für Touristen vogelkundliche und geographische Reisen zu organisieren, nach Spanien, Südfrankreich, Ungarn, Südamerika und ins Nordpolargebiet. Er darf dem Reiseveranstalter sagen, welche Vögel er wo auf der Welt wie lange zeigen will, dann organisiert man für ihn und die Reisegruppe Flug, Unterkunft und was sonst noch nötig sein mag; die Interessenten, überwiegend Akademiker, zahlen nahezu jeden Preis.

Manche Kunden sind so versessen darauf, seltene Vögel in Freiheit zu sehen, dass ihnen nahegelegene kunsthistorische Sehenswürdigkeiten gleichgültig sind; mit erstaunlichen Spezialkenntnissen wissen sie oft über die ausgefallensten Besonderheiten ihrer gefiederten Lieblinge Bescheid. Um die zu sehen, sind sie bereit, tagelang auf dem Orinoko zu paddeln, im Urwald zu zelten oder in den eisigen Steppen Patagoniens lange Märsche auf sich zu nehmen. Für den Reiseleiter ein unruhiges Leben: durchschnittlich etwa 14 Tage auf Tour, dann ein, zwei Wochen Entspannung in Deutschland mit vorbereitender Lektüre, dann wieder hinaus auf die nächste Reise. Eine Freiburger Wohnung hat er aufgegeben, eine billige Bleibe nah einem oberbayerischen See ist ihm Heimatunterkunft genug. Partnerschaft?

Ja, seine zweite Liebe ist in der biologischen Forschung, wann immer sie will, kann sie Urlaub nehmen wie es mit seinen Terminen zusammenpasst. So würde er noch lange weitererzählen; während ich meinen Kaffee getrunken habe, hat er am hellen Morgen schon zwei Flaschen Bier konsumiert und drei Zigaretten geraucht. Gleich will er noch einen anderen Mann treffen, mit dem er sich verabredet hat.

Schließlich lasse ich ihn allein und gehe. Aber in meinem Kopf drehn sich die Fragen: Hat nun er das bessere Leben oder ich? Seines voller ständiger Wechsel, Unruhe, Abenteuer, die vielleicht manchmal etwas oberflächlich sind; meines in bürgerlicher Stetigkeit, Hingabe an Pflichten und ein bißchen spießig. Wer es will, kann seine Bindungslosigkeit und seine Neigung zum Alkohol als Zeichen einer bürgerlich gescheiterten Existenz ansehen; aber andererseits, ist nicht das Leben eines bürgerlichen Familienvaters etwas allzu gewöhnlich? Ihn, der in Freiheit ungesichert umherschweift, betrachte ich mit einer seltsamen Mischung aus Mitleid und Neid.

Schweres Gepäck

Wir sitzen im ICE Hamburg – Frankfurt – Mannheim – München. In Hannover entsteht Unruhe im Nachbar-Abteil: Jemand scheint einen Platz zu beanspruchen, der ihm nicht zusteht. Ein Schaffner schaut bei uns herein, ja, ein Platz ist frei. Hilfreich schafft der Mann eine schwere Tasche auf die Gepäck-Ablage, dann noch eine, dann folgt ein altes Mütterchen, graue Haare in straffem Knoten, rüstig, aber die Gedanken doch von der komplizierten Reise scheint's ein wenig verwirrt.

Sie trägt eine dritte Tasche, in der obenauf ein Taschenbuch liegt: Schillers Gedichte. Gern verstaue ich die über den Sitzen. Tief atmend lässt die alte Frau sich nieder, zieht mühsam ihre schlichte Strickjacke aus: welche Anstrengung hat sie's gekostet, hier richtig zu landen! Nie wieder will sie mit so viel schwerem Gepäck verreisen, das gelobt sie feierlich! Aber freilich, fügt sie hinzu, beim letzten mal war's auch schon so viel, und sie wollte es nicht wieder tun. Teilnehmend fragen wir Mitreisenden, wie weit sie denn fahren will. Bis Friedrichshafen, in Ulm muß sie umsteigen, dann kann sie gegen sechs Uhr abends ankommen.

Jetzt möchte sie erst einmal frühstücken. Hilfsbereit hole ich ihre Tasche wieder herunter, sie erzählt von ihrem Sohn, einem Pfarrer auf dem Lande, und wie schwer es ihr in ihrem Alter nun allmählich doch falle, die weite Reise zu ihren Verwandten bei Hannover zu bewältigen.

Nach einem Weilchen kommt der Kontrolleur: Zugestiegene bitte die Fahrkarten! Bei anderen Fahrgästen ist alles in Ordnung, aber mit unserem Mütterchen ist er streng: Sie darf hier nicht fahren, in Göttingen muss sie hinaus, dort soll sie eine halbe Stunde später einen normalen Zug nehmen. Energisch greift er nach ihrem Gepäck, und widerspruchslos lässt sie sich aus dem Abteil zu den Türen am Wagenende führen. Wieder helfen wir Mitreisenden ihr, ihre Taschen dorthin zu befördern – aber teilnehmend fragen wir, ob das denn wirklich sein muss. Wie viel später wird sie ankommen – kann sie nicht einen Zuschlag aufzahlen? Sie antwortet nichts, steht wie ein Häufchen Elend bei ihren Taschen. Mit solchen Gewichten wieder die ganze Umsteigerei!

Kopfschüttelnd gehen wir ins Abteil zurück, fragen uns, warum ihr denn der Kontrolleur nicht vorschlug, den Zuschlag zu zahlen. Da kommt er gerade wieder den Gang entlang, wir rufen ihn herein, fragen, ob denn diese Härte gegenüber der alten Frau nicht vermeidbar ist. Und schmunzelnd zwinkert er mit den Augen und sagt: „Wenn die das nachzahlen will, das wird viel zu teuer! Als Bahnangehörige hat sie Freifahrten, aber nicht mit dem ICE! Der Schnellzug eine halbe Stunde später tut's auch. Die probiert's immer wieder! Nee, die weiß genau was sie tut. Und darum sagt die auch nichts." Und grinsend geht er weiter den Gang entlang.

Der ICE saust durch die Landschaft. Bald hält er in Göttingen, und auf dem Bahnsteig beobachten wir unser grauhaariges Mütterchen, wie sie rüstig einen kleinen Gepäckwagen mit ihren Taschen schiebt – ihr Gesicht sieht aus, als könne sie kein Wässerchen trüben. Das Musterbild einer einfachen, ehrlichen, alten Frau – gewiß wird sie bald wieder Hilfe finden.

Rosen und Rostlauben

Der Tank meines alten Autos war durchgerostet. Bei jedem Halt und in jeder Kurve schwappte das Benzin oben an die Roststelle, unerträglich der Gestank. Ja, sagte der Meister in meiner Werkstatt, so was komme schon vor nach fast zweihunderttausend Kilometern, ein neuer Tank müsse her, das koste fünfhundertsechzig Mark, plus Mehrwertsteuer und plus Einbaukosten.

Ich telefonierte zu verschiedenen Schrottplätzen – nein, für meinen alten Autotyp hatten sie leider keinen passenden Ersatz.

Aber beim x-ten Versuch fand ich einen Ersatzteilhändler, der mir beschaffte, was ich brauchte – dreihundert Mark billiger als meine Werkstatt. Wie einbauen? Ich wusste, da hinten im Industrieviertel gab es eine kleine türkische Werkstatt.

Ein kleiner und zierlicher Mann, vielleicht Mitte vierzig. Kurzer grauer Stoppelhaarschnitt. Würdevoll betrachtete er die Angelegenheit, sprach knapp und sachlich, leicht gebrochenes deutsch mit türkischem Akzent. Ja, es ließ sich machen, er nannte einen bescheidenen Preis. Morgen Früh könnte ich den Wagen bringen, morgen Nachmittag würde er fertig sein.

Ich tat wie verabredet. Am Nachmittag erhielt ich einen Anruf: es sei ein Problem aufgetreten, auch der Schwimmer im Tank sei verrostet, man bräuchte Ersatz, sie würden auf einigen Schrottplätzen für mich danach suchen. Und sie schafften es: um sechs Uhr war mein Auto fertig.

Ich holte es ab, und natürlich war es nötig, den neu eingebauten Tank zu füllen. Danach zeigte sich, dass die Benzin-Anzeige nicht funktionierte: trotz vollem Tank zeigte sie auf leer, keinerlei Kontrolle.

Am Morgen danach rief ich die Werkstatt an. Die sachlich-würdevolle Stimme entschuldigte sich für den Fehler, der wohl wegen des besorgten Ersatz-Schwimmers unterlaufen sei. Am Nachmittag sollte ich vorbeischauen, man hoffte, die Angelegenheit schnell in Ordnung bringen zu können.

Die Werkstatt war eine offene, ein bißchen primitiv anmutende Halle – und doch waren alle Einrichtungen vorhanden, alle Werkzeuge rasch zur Hand. Die Fehlersuche erwies sich als schwieriger als gedacht. Die Männer erklärten meiner Frau und mir, wo wir mit einem schönen Spaziergang die Wartezeit überbrücken könnten – am Waldfriedhof. In Reihen dort die Gräber zwischen den Bäumen, deutsche Ordnung. Hitze brütete über der Stadt. Als wir nach einer Stunde wieder in die Werkstatt kamen, betrachtete der Chef gelassen den Schwimmer in seiner Hand.

„Hier die Feder klemmt, wir müssen sie machen beweglicher! Es wird dauern noch ein Weilchen, bitte nehmen Sie Platz dort im Schatten. Im Kühlschrank sind kalte Getränke, bitte bedienen Sie sich!"

Wir fühlten uns als Gäste, nicht als Kunden. Ein offener Sitzplatz – nur eine leicht erhöhte Plattform mit drei Bretterwänden und Dach – ein hölzerner Brunnentrog, bepflanzt mit blau, weiß und gelb blühenden Kräutern. Über mannshoch eine Pflanze, kräftige Stiele mit riesigen Blättern, exotisch in Deutschland. In Makramé-Netzen hängend Amphoren aus rotem Ton. Bizarr verdrehte Wurzelholzstücke wie eigenwillige plastische Gebilde, erinnernd an Fabelwesen und Luftgeister. An den Wänden postkartengroße Spruchbildchen in türkischer Sprache, leider verstanden wir sie nicht. Autositze auf kleinen Podesten, sehr bequem, um einen Tisch aus einer großen runden Glasplatte auf einem dicken Reifen. Ausblick über rostende Schrottwagen in die sonnen-flirrende Landschaft.

Der Chef werkelte an meinem Auto herum. Sein Mechaniker, ein freundlicher, großer und dünner Mann, etwa fünfzig Jahre alt, kam mit dem Hund aus der offenen Halle, goss dem Tier aus einer großen Kanne Wasser über das Fell, der Hund genoss es sichtlich.

Wir zeigten unsere Freude an Blumen und Schmuck, man lud uns ein, auch den kleinen Garten hinter der Werkstatt anzuschauen.

Auch dort fremdartige Pflanzen, weitere Holzstücke, riesige Rosen in allen Farben. Auf rohen Holzklötzen kleine Teppiche, einfache Sitze um ein weiteres primitives Tischchen – wieviel Zauber im kleinen Winkel zwischen den Industriebauten! Uns war es, als hätten wir eine Sommerreise gemacht ins heiße Hinterland des türkischen Mittelmeers.

Schließlich, nach fast zwei Stunden, wurde unser Auto fertig. Nein, sagte der Chef, das sei ein Fehler der Werkstatt gewesen, das koste nichts; aber wenn wir etwas geben wollten für die Blumen …

Im Wegfahren freuten wir uns noch mehr über den schönen Nachmittag als über die Ersparnis bei der Reparatur.

Reisezeit

S' ist Reisezeit; die Leute fahren
wie schon in vielen guten Jahren
ans Meer, zum Berg und in die Fernen
am liebsten gar bis zu den Sternen.

Von allen möglichen Exoten
erzähl'n daheim sie Anekdoten
die jedermann im Städtchen hört –
denn wer weit reist, ist auch viel wert.

Ob wirklich sie in fernen Landen
Ruhe, Erholung, Wissen fanden,
das frag' man nicht die guten Leute;
mancher tobt um den Erdball rum,
die Angst vor Stille treibt ihn um;
er flieht sich selbst und sucht das Weite –
und nach dem Urlaub ist er pleite.

Märkischer Sand

Das Haus lag versteckt im hinteren Teil des großen, verwilderten Gartens – wir fuhren an dem schmalen Grundstück vorbei, ohne es zu bemerken. Die Hecke umwucherte den morschen Bretterzaun, halb zerbrochen die verwitterten braunen Latten der Gartentür; dahinter eine Wüstenei von gelb blühenden, trockenen Goldruten, staubiger grauer Sandboden, in den sich die Spur des geparkten Autos tief eingemahlen hatte. Wir kannten das Auto und das Nummernschild – ja, dies musste die Brandenburger Datscha unserer sonst bei Frankfurt lebenden Tochter sein. Sonnenglut brütete über dem verlassenen Land. Rechts hinter dem Auto warf eine riesige Birke ihren Schatten auf einen Tisch und ein paar Stühle. Erst dahinter das Haus – Arbeitersiedlung, ein einfacher Giebel, graubrauner Einheitsputz. Am blauen Fensterladen angepinnt ein Zettel:

„Willkommen in der Wildnis! Macht es Euch gemütlich! Gekühlte Getränke sind im schwarzen Bottich. Wir sind zum Schwimmen. Liebe Grüße!"

Gläser stehen auf dem Tisch. An der Hauswand im Wasser des Plastik-Bottichs ein paar Flaschen. Wir trinken und schauen uns um. Kein Schlüssel – neugierig blicken wir in die Fenster. Ein umbauter Eingang leitet hinüber zu einem zweiten, niedrigeren Giebel – vielleicht eine Waschküche? Daran ein Schuppen, auch abgeschlossen. Eine schwarze, eiserne Pumpe neben der Birke; von dort spannt sich eine Hängematte zum Fenster. Über dem Bottich ein Wasserhahn; ein Schlauch läuft zu einem Duschgestell inmitten der Goldruten-Wildnis. Spätnachmittag; heiß brennt die August-Sonne. Ich dusche. Meine Frau liest Zeitung. Dann döse ich in der Hängematte. Nach einiger Zeit höre ich auf der Straße die Stimmen der Kinder: „Das Auto von Oma und Opa! Sicher warten die schon auf uns! Ich zeig ihnen alles!" Sie schieben ihre Fahrräder durch den knöcheltiefen Gartensand heran, Helme auf den Köpfen. Wir umarmen uns – und jede und jeder will erzählen, alle durcheinander.

Die zwei kleinen Mädchen zeigen mir das Klo, wo man wegen Abfluss-schwierigkeiten kein Papier hineinwerfen darf – das gehört in einen Plastik-Eimer. Sie führen mich hinter der Waschküche zu den zerfallenen Kaninchenställen, und sie klappen im Durchgang den Deckel von dem engen Kellerloch hoch – ja, da unten waren sie schon mal eingesperrt, als sie ganz böse waren. Zu allen Räumen haben die Mädchen bunte Schilder gemalt. Der vierjährige Jonas zeigt stolz seinen Schlafplatz oben auf dem Hochbett. Nur der Kleinste versteckt sein Gesicht an der Schulter seiner Mutter, muss sich erst langsam wieder an Oma und Opa gewöhnen.

In drei Zimmern kaum Möbel, außer Tisch und Stühlen nur Küchenschrank, Elektroherd und Kühlschrank. Auf Matratzen in einer Ecke können wir schlafen. Bei dem heißen Wetter lebt man ständig am Gartentisch. Dort jetzt auch Brot, Wurst, Käse, Getränke – der Abend ist immer noch warm. Lange spielen die Kinder in der langsam herabsinkenden Dämmerung, während die Erwachsenen erzählen.

Das Haus, 1943 erbaut, hatte Verwandten unseres Schwiegersohns gehört. Als die in den fünfziger Jahren in den Westen gingen, wurde es Eigentum des DDR-Staats. Der vermietete es an eine Arbeiter-Familie. Die zog nach der Wende auch fort. Das Haus war am Verfallen, und es fiel zurück an Franks alte Tante. Von ihr erhielt es Frank um einen geringen Preis. Ein paar Schäden im Dach hat er repariert, Wasser und Elektrizität instand gesetzt, die Räume tapeziert und gestrichen. Nur für wenige Urlaubswochen kommt die Familie aus Hessen, schaut nach dem Rechten, bastelt ein wenig herum.

Ruhige Nacht; am Morgen weckt der Ruf eines Hahns – kraftlos klingt er und dünn, als müsse ein Halbwüchsiger seinen Stimmbruch überwinden. Später beim geruhsamen Frühstück fühlen die Kinder sich irritiert von zudringlichen Wespen. Dann fährt die Familie zu einem See, wir in unserem Wagen hinterher. Breit der sandige Weg, große und tiefe Schlaglöcher. Wir versuchen, sie langsam zu umfahren, schaukeln wild, ziehen gewaltige Staubfahnen hinter uns her. Kiefern, Birken, niedrige Eichen, rot leuchtende Vogelbeeren. Große Rasenflächen sind saftig grün, Einfamilienhäuser dösen in der Sonne, manche noch grau, viele neu und schmuck. Aber alles wirkt ein bißchen schläfrig unter der Hitze. Mir ist, als sei die Zeit stehengeblieben, als wanderte ich wieder wie in meiner Kindheit zur nahen Ostseeküste. Ein Stück Bundesstraße, eng, stark befahren, Bäume rechts und links. Stellen flachen Landes, Stoppelfelder, gesäumt von Kiefernwald. Am Rand eines schmalen geteerten Sträßchens der Name „Kamerun" – das Sträßchen endet bald, Parkplatz im Sand, zu Fuß weiter durch ein Waldstück, ein kleiner, fast kreisrunder See. Unter Erlen und Birken lagern unbekleidete Menschen, Hunderte, jeglichen Alters, zwanglos, entspannt. Wer Lust hat, schwimmt im klaren, hellbraunen Wasser eine halbe Stunde weit zum anderen Ufer, wo Halbwüchsige vom Ast eines Baumes hineinspringen.

Wir leben außerhalb der Zeit. Irgendwann fahren wir wieder zurück zum Haus. Einkaufen im Supermarkt, wenige Minuten mit dem Auto. Die Menschen sprechen Berlinerisch, aber gelöst, ohne Hektik. Uns kommt es vor, als gingen die Uhren hier anders. Leben die Menschen hier weniger unter Stress? Oder haben Brandenburger eine andere Mentalität? Fast will uns scheinen, wir befänden uns hier in einer Art deutsch-sprachigem Ausland. Wir lassen in unserem Auto das Öl nachfüllen – wie freundlich bedient uns der junge Mann!

Wieder ein stiller Abend, hinter der Birke der fast volle Mond. Gespräche schweifen ins Weite, Verwandte, frühere Reisen, Zukunftspläne. Aber alles liegt fast so fern wie der Mond. Irgendwo weit weg rollt ein Zug – das geht uns nichts an.

Oder doch? Einmal stündlich soll ein Zug am Dorfbahnhof halten. An einem Morgen gehen wir hin. Zugemauert das Bahnhofshäuschen, kein Mensch zu sehen, nicht einmal ein Fahrkartenautomat. Kurz vor der Abfahrtzeit kommt außer uns noch eine junge Frau. Der Zug ist fast pünktlich, hält, wir steigen ein – niemand kümmert sich um die Fahrgäste. Ein oder zwei mal umsteigen – fünfzig Minuten später sind wir im Zentrum von Berlin. Weit und großzügig die neuen architektonischen Wunderwerke aus Stahl und Glas. Ausstellungen, Museen – an einem heißen Ferientag ist der Besucherandrang nicht allzu groß. Wer wieder hinaus ins Umland will, sollte die Fahrpläne kennen – sonst dauert die Rückfahrt etwas länger.

Die Landkarte zeigt, wie viele Seen es hier gibt. Manche weit, die große, helle Fläche leicht gekräuselt vom Wind, Waldstreifen am Horizont, breite Schilfgürtel, die nur an einzelnen Stellen den Zugang zum Ufer freigeben. Dort verstecken sich Häuser unter höheren Bäumen. Wenige kleine Boote. Enten, Blässhühner, Haubentaucher – kaum Menschen. Vereinzelt baden irgendwo ein paar Kinder im flachen Wasser. Nur ein oder zwei Leute schwimmen weiter hinaus. – Andere Seen sind kleiner, gesäumt von größeren Erlen. Schmucke Villen in Gärten; doch an vielen Stellen führt ein Fußpfad zu einsamen Badeplätzen. Wollte man alle erkunden, man könnte über Wochen täglich einige neue entdecken.

Es geschieht eigentlich nichts – und doch fühlen wir uns erfüllt von glücklichem Nichtstun. Aber unsere Kinder und Enkel wollen noch an die Ostsee, und wir erwarten Besucher im Schwarzwald. So fahren wir heim; wir hoffen, in einem anderen Jahr hier wieder glückliche Tage verleben zu dürfen.

II. Wenn Dinge sprechen

Die Holzfigur

Die alte Dame war sichtlich erregt. „Die Figur da interessiert Sie? Ja, wenn Sie sie wollen, können Sie sie haben, ich bin froh, wenn ich's nicht mehr sehen muss, das dämliche Stück Holz!"

„Um Himmels willen, Sie wissen wohl nicht, was Sie da haben!"

„Na, was soll's schon sein, 'ne ziemlich plumpe Figur, nichts Besonderes. Nicht mal'nen ordentlichen Farbanstrich hat sie, so schmutzig gelbbraun gewachst, das sieht doch nach nichts aus. Ich sag's Ihnen ja, ich bin froh, wenn mir der Staubfänger nicht mehr hier rumsteht!"

Auf einem Schrank in der Ecke, im Halbdunkel kaum erkennbar, kniete ein Mädchen, etwa zwei Fuß groß. Mit der linken Hand hielt sie eine Kerze rechts neben ihrem schlanken, leicht gedrehten Körper, die rechte schützte die Flamme. Das Gesicht schien einfach und von verhaltener Hingabe. „Wenn Sie die Figur so wenig mögen, weshalb haben Sie sie dann hier stehen?"

„Ach, nur eine Erinnerung. Aber ich will sie nicht mehr."

Bevor die alte Dame weitersprechen konnte, trat ihre Tochter ins Zimmer. „Guten Tag, Herr Doktor. Ich fürchte, meine Mutter hat heute mal wieder einen schwierigen Tag."

„Ihre Mutter war eben so freundlich, mir diese Figur anzubieten."

Die jüngere Frau fuhr zusammen. „Nein, Mama, nein!"

Und sie wandte sich wieder an mich. „Entschuldigen Sie, meine Mutter ist manchmal ein bißchen verwirrt. Es handelt sich da um eine Erinnerung, ich will nicht, dass die so weggeht."

„Du hast mir das Ding mal geschenkt, also kann ich' s auch weggeben. Und ich mag' s nicht mehr sehen."

„Du weißt, was es mir bedeutet. Nein, Mama, das kannst du mir nicht antun!"

Ich trat näher an die Figur heran. Die Augen über den breiten Backenknochen und der schmale geschlossene Mund schienen hintergründig zu lächeln. „Der Künstler hat ihr Leben gegeben; diese Drehung des Körpers ... Und wenn man die Kerze anzündet, müsste sie fast ganz zum Spiegel der Flamme werden – darf ich?" Ich griff nach meinen Streichhölzern.

„Nein, bitte nicht. Es freut mich, dass die Figur Ihnen gefällt, aber sie ist unverkäuflich."

„Wer ist der Künstler, und wann ist sie entstanden?"

„Oh, sie ist nur knapp zwanzig Jahre alt. Ein Freund hat sie seinerzeit für mich gemacht."

„Ihr Freund war Bildhauer?"

„Nein, Werklehrer. Und wenn er ab und zu so was machte, holte er sich Anregungen aus allerlei Kunstbüchern. Das hier hat er nach einem alten chinesischen Vorbild geschnitzt, er hat mir das Foto gezeigt. Er hat einiges verändert gegenüber der Vorlage, sie sozusagen ins Europäische übersetzt."

„Was soll chinesisch sein daran?"

„Nur noch die Haltung des Körpers. Das Original trägt eine seltsame Kopfbedeckung; statt dessen hat mein Freund ihr die Haare gemacht, und die sind wohl etwas zu massig ausgefallen – glatte, breite Strähnen, wenige schwere Locken, die tief auf den Rücken fallen, zusammengehalten von einem Band im Nacken. – Aber vielleicht hat die Figur gerade dadurch eine gewisse Zeitlosigkeit gewonnen und ist keinem bestimmten Stil zuzuordnen."

„Er muss lange daran gearbeitet haben ."

„Mehr als ein halbes Jahr. Es ist harter Birnbaum, wir kamen zufällig vorbei, als ein Bauer den Stamm zerlegen wollte. Ich hab' erst gedacht mein Freund will einen Jux machen, als er das flechtenbewachsene Ding mit der bröckelnden Rinde in sein Auto geladen hat. Lange ließ er's trocknen in seiner Garage. Später hat er mit der Motorsäge große Stücke weggeschnitten, um aus ihnen nachher Arm und Hand zu formen. Es ist ja alles aus einem Stück, schauen Sie, die Füße waren ein Seitenast. Monatelang hat er mit Hammer und Eisen dran gearbeitet, jeden Tag viele Stunden. Oft hab' ich ihm zugeschaut, und auch oft was gesagt dazu. Unterarm und Hand standen erst falsch im Winkel – er hat den Keil dazwischen gefügt, schauen Sie hier. Und die Haare waren anfangs noch viel schwerer, ein paarmal umgearbeitet hat er sie, weil ich ihn drum bat. – Das mantelähnliche Gewand war zunächst glatt, wir besprachen miteinander, wie die Falten fallen könnten, und wie die feine Narbung der Oberfläche den Eindruck von grobem Wollstoff erwecken könnte. Und wie viele Trockenrisse entstanden – Sie sehen kaum mehr, wie sorgfältig er die ausgefugt hat."

„Aber warum haben Sie die Figur Ihrer Mutter geschenkt?"

„Ja, wissen Sie, jene Freundschaft damals ging später auseinander – der Werklehrer wollte für einige Jahre nach Afrika, und ich konnte Mutter nicht allein lassen. Und dann hab' ich meinen Mann kennengelernt und geheiratet. Aber der wollte nicht immer die Figur sehen, die mein früherer Freund mir gemacht hatte. Und so hab' ich sie halt meiner Mutter gegeben."

„Ihr früherer Freund muss sehr enttäuscht gewesen sein, dass Sie damals nicht mit ihm gegangen sind."

Die Mutter fuhr heftig dazwischen. „Lisa, wir müssen dem Herrn Doktor noch die Blutdruckkurve der letzten acht Tage zeigen. Wo hast du sie hingetan?"

„Drüben in die Schublade wie immer. – Ja, fünf Jahre ist er drüben geblieben, dann war er kurz hier, und dann ist er wieder rübergegangen. Ob er noch mehr solche Figuren gemacht hat? Ich glaub's nicht. Ich habe seit Ewigkeiten nichts mehr gehört von ihm. – Ja, hier ist die Kurve. Es ist eigentlich alles normal."

Die Brosche

Meine Cousine und ich saßen zusammen und schwatzten von den Tagen unserer Kindheit. Damals, vor fast sechzig Jahren, waren wir oft bei unserer Großmutter. Sie bewohnte zwei kleine Dachzimmer eines Siedlungshäuschens am Stadtrand. Vom Garten mit seinen Gemüsebeeten und Obstbäumen stieg man eine steile Holztreppe hinauf und kam in die winzige Küche, die eigentlich nur ein Durchgang war. Zwischen dem Putz viele Balken; an denen und an den Türrahmen holzgeschnitzte Schwälbchen, dunkelblau bemalt der Rücken, weiß der Bauch. Sie schienen sich wohl zu fühlen in diesem Nest; wir liebten sie, fühlten uns geborgen und ließen uns füttern mit Kuchen und Schlagsahne. Und immer wieder las die Großmutter uns aus alten Büchern Märchen und Gedichte vor. Unsere Großmutter hatte es schwer gehabt. Mit zwanzig Jahren hatte sie einen jungen Arzt geheiratet. Mit ihm war sie in ein kleines Städtchen gezogen, zwei Eisenbahnstunden entfernt von der Provinzhauptstadt, wo alle ihre Verwandten lebten. Ihr ältestes Kind erkrankte an Hirnhautentzündung und blieb schwachsinnig. Als sie 28 Jahre alt war, starb ihr Mann. Mit Stickereien verdiente sie etwas hinzu zu ihrer winzigen Rente. Ihrem Sohn half sie, ein Herbarium anzulegen für sein Pharmazie-Studium; ihr Schönheitssinn machte es zu einem Prachtstück. Wir Kinder gingen gern zu ihr, es roch da so gut, es gab Basler Pfefferkuchen, und es war so heimelig bei den Schwälbchen.

Einmal waren wir am 27. Januar bei ihr. Sie sagte, das sei ein besonderer Tag: des Kaisers Geburtstag. Umständlich kramte sie aus einem alten Sekretär ein rotes Samtetui, das mit einem seidenen Band umwunden war. Sie öffnete es behutsam und ließ uns eine goldene Brosche betrachten. Ein mit bunten Email-Ornamenten verzierter Deckel wölbte sich in der Mitte; drückte man eine verborgene Feder, sprang er auf, und das Bildnis einer schönen jungen Frau wurde sichtbar. Ringsum war die Brosche mit Granaten besetzt. Auf der Rückseite war die Jahreszahl 1893 eingraviert. Die junge Frau war die Kaiserin Augusta-Viktoria, die Gattin Kaiser Wilhelms des Zweiten.

Wir bewunderten die Brosche und die Kaiserin. Die Großmutter erzählte: das Kaiserpaar hatte der Provinzhauptstadt einen Besuch abgestattet. Ein junges Mädchen sollte den hohen Gästen einen Blumenstrauß überreichen. Ihr Vater, der Stadtschulrat, war ein angesehener Mann und Stadtältester. Ihr als seiner bekannt schönen Tochter wurde die Ehre zuteil! Als Dank erhielt sie die Brosche mit dem Bildnis. Treu bewahrte sie die Erinnerung an ihren großen Augenblick, sie liebte weiter ihr Kaiserpaar, auch als es längst keinen Kaiser mehr gab. Geboren 1876 in Königsberg, starb sie 1946 im nahen Ostseebad Rauschen, das damals bereits in Swetlogorsk umbenannt war. Meiner Cousine als ihrer ältesten Enkelin war die Brosche als Erbe zugedacht. Als sie 1944 mit ihrer Mutter und ihren Geschwistern in den Westen floh, trug sie sie mit sich, eingenäht in den Saum ihres Mantels. Sie wuchs auf in der DDR – undenkbar, dies Bildnis der Kaiserin jemals zu zeigen. Später wurde sie Sängerin an der Komischen Oper in Ost-Berlin. Obwohl sie überzeugte Kommunistin war, besitzt sie die Brosche noch heute.

Versuchung

Der metallic rote Scorpio stand im Salon des Autohauses. Er verhieß dynamische Fahrfreude und versprach stilvolle Zurückhaltung; höchste Ansprüche an Qualität im Zeichen bewussten Lebensstils wollte er erfüllen, Komfort mit Fahrkultur in harmonischer Einheit. Die Worte seiner Werbetexter umkreisten wie große schillernde Rauchkringel den Fahrersitz des erlesenen Geschöpfes. Sie zogen sich zusammen und expandierten wieder. Bei jeder Kontraktion fiel aus ihrer Mitte eine schön gedruckte Scheck-Karte, ausgestellt auf den Namen eines möglichen Käufers, Einladung zu einer genussreichen Probefahrt. Eingesteckt in Glanzpapier, in einem Umschlag von außergewöhnlichem Format – eine davon glitt in meine Hand.

Ein neues Auto war bei mir fällig – warum nicht dieses anschauen? Der Verkäufer öffnete mir die Wagentür. Einladend streckte die Limousine mir ihre schwellenden Polster entgegen. Als ich darin eintauchte, stöhnte sie leise auf. Probefahrt: wie eine leichtfüßige Tänzerin folgte sie jedem Impuls meiner Hand, ließ sich geschmeidig lenken, auskostend jede Haarnadelkurve des steil ansteigenden Sträßchens zum Berg der Dreifaltigkeit. Sie gab sich hin – und dabei drückte dieses Spinnentier mir den Giftstachel der Verführung ins Hirn.

Aber nach genossenem Vergnügen strebte ich zurück zu nüchternem Urteil. Selbst wenn ich mir eine so schöne und teure Geliebte leisten konnte – wollte ich das überhaupt? Hatte ich als denkender Mensch nicht besseres zu tun als mich hinzugeben an sinnlichen Genuss? Zeilen aus Gottfried Benns Gedicht fielen mir ein:

Wo alles sich durch Glück beweist
und tauscht den Blick und tauscht die Ringe
im Weingeruch, im Rausch der Dinge
dienst du dem Gegenglück, dem Geist.

Ich fuhr zum Autohaus zurück und dankte für den angenehmen Nachmittag. Entscheiden würde ich mich selbstverständlich erst später.

Doch das Scorpio-Gift wirkte fort. Das nette, rundliche Sierra-Modell, mit dem ich bisher geliebäugelt hatte, schien plötzlich allzu bieder und bescheiden, eine brave graue Maus. Schließlich, wenn ich schon auf Freiersfüßen ging, konnte ich dann nicht auch etwas mehr Geld ausgeben? Und mit Scorpio blieb ich ja gewissermaßen in der Familie, weil die mir für meine alte Schachtel das meiste boten.

Halb schon entschieden, fragte ich einen Bekannten um Rat. Der meinte, wenn ich wirklich der weltoffene Mann sei, für den ich mich gebe, warum wolle ich dann nicht die Bekanntschaft einer schönen Japanerin machen?

Ich ging hin, und Toyota-Camry verwöhnte mich. Ihr zurückhaltendes Äußeres verbarg ein Innenleben, dessen Reichtum an Raffinessen alle Erwartungen überstieg. Fast glaubte man einen japanischen Dichter zu hören:

Meiner Füße Staub
abzuwaschen wag ich nicht -
allzu klarer Quell!

Ich prüfte und prüfte, ich fand kein Fehl an ihr. Aber seltsam – obwohl mein Verstand mir sagte, dass man kaum zu erschwinglichem Preis mehr Vollkommenheit erwerben könnte – mein Herz blieb unberührt.

Und während ich noch nachsann über den Widerspruch zwischen Denken und Fühlen, schwand langsam, Tröpfchen um Tröpfchen, das Gift von Scorpios Stachel aus meinem Gehirn.

All die schönen Spielereien des Luxus – ich brauchte sie eigentlich nicht. Voll stiller Rührung dachte ich wieder an Sierra Turnier: schmäler war sie und unauffälliger, aber mit einem wohlgeformten rundlichen Hinterteil, nicht ohne einnehmende Ausstrahlung. Sie konnte mir eine treue Gefährtin werden, im Alltag wie auch auf weiteren Reisen.

Noch fuhr ich meinen alten Wagen – trotz Rost und vielen Beulen sollte der noch die diesjährige Ferientour überstehen. Weshalb eine junge Geliebte unnötig den Gefahren der Fremde aussetzen? Nachdenklich setzte ich mich ans Lenkrad.

Da – ein roter Scorpio zog vorbei. Und dort nahte eine hellbeige Sierra. Reifen quietschten, Passanten erstarrten. Um Haaresbreite hätte es einen Unfall gegeben.

Das Kostüm

Freudig überrascht empfing Sabine das große Paket aus den Händen ihres Freundes. Mehr als zwei Jahre lebten sie nun zusammen. Anfangs hatte sie dem polnischen Studenten geholfen, sich an der deutschen Universität zurechtzufinden, hatte ihm auch hier und da eine Verdienstmöglichkeit vermittelt. Freilich, die deutsche Lebensweise mochte er nicht, und schon gar nicht hässliche Hosen an weiblichen Beinen. Möglichst kurze Röckchen, Zeichen von Eleganz, sollten Reize enthüllen, es lebe die Mode. Die Fähnchen, die er ihr kaufte, trug sie anfangs spöttisch mit Selbstironie, aber allmählich gewöhnte sie sich daran.

Dieses Geschenk nun musste etwas Besonderes sein. Bedeutungsvoll sagte er: „Du sollst es tragen zum 85. Geburtstag deiner Oma!" Die ganze Verwandtschaft wollte gemeinsam das Fest der geistig und körperlich überaus rüstigen alten Dame begehen.

Zappelnd vor Aufregung, aber auch mit einem bangen Vorgefühl öffnete sie das Paket. Unter dem raschelnden Seidenpapier fühlte sich's glatt an und ein bißchen steif, wie feines Fell. Und richtig, Imitation von Leopardenfell war's, ein kurzer Rock, eine Jacke mit spannbreitem Aufschlag, besetzt mit spiegelnden runden Metallscheiben und großen Broschen aus rotem Glitzerglas. Der ungeheuer breite, unten spitz zulaufende Kragen musste alle Blicke auf sich ziehen; fast verschwand darunter die feine, weiß gekräuselte Bluse. Ein Kostüm für eine Frau, die, jenseits aller bürgerlichen Moral, raubkatzenhaft nach Beute schleicht.

Mühsam bezwang sie sich, um nicht laut zu schreien.

„Das kann ich nicht tragen!"

Nein, sie war keine Person der billigen Effekthascherei. Mit ehrlicher Leistung hatte sie ein gutes Diplom erworben, überaus tüchtig und gegen harte Konkurrenz eine gute Stellung errungen, sie mühte sich redlich, als Sekretärin den Unterhalt für sich und ihre Familie zu verdienen. Sie liebte ihren Freund, war bereit zu Opfern für ihn – wie konnte er sie so anziehen wollen, als wäre sie eine vom Tingeltangel!

Er verstand sie nicht. Das Kostüm passte wie angegossen, es betonte ihre schlanke Figur, gab ihr kräftige Schultern. Es ließ sie auffallen, ja, das sollte es auch, sie war doch etwas Besonderes! Modisch und provozierend war es – musste eine Frau nicht stolz auf so etwas sein?

Traurig schüttelte sie den Kopf. Es lagen doch Welten zwischen Krakau und Freiburg! Schonend versuchte sie, ihn verstehen zu machen:

„Begreif doch! Die Frau, die das trägt, stößt die Leute vor den Kopf, gehört nicht mehr dazu, wird beinahe als billige Nutte betrachtet!"

„Mir gefällst du in dem Kleid; in Polen würde jede Frau dich beneiden. Wenn du mein Geschenk zurückweist, weist du mich zurück – schlimmer kannst du mich nicht beleidigen!"

Nach tagelangen Diskussionen und heftigem Streit packte sie das Kostüm wieder ein und schickte es zurück zum Versandhaus.

Er wollte sich nicht geschlagen geben. Kam es ihm nicht zu, zu bestimmen über die Erscheinung der Frau, die er liebte? Für ihn war das Kostüm aus imitiertem Leopardenfell wie eine Jagdtrophäe, Zeichen, dass er das schöne Tier für sich zur Strecke gebracht hatte. Und in Polen galt noch der Grundsatz: Das Weib sei dem Manne untertan; bestimmen wollte er auch über ihre Gedanken. Wenn er sie kleidete nach seinem Geschmack, konnte seine Männlichkeit glänzen vor seinen polnischen Freunden. Er bestellte das Kostüm von neuem, ließ es senden an den Ort des Festes der Oma: die galt als aufgeschlossen und verständnisvoll, sie sollte entscheiden.

Als Sabine das Paket zum zweiten mal in Händen hielt, bebte sie vor Zorn. Wie konnte er es wagen! Und doch wollte sie es vermeiden, vor der Verwandtschaft als Zeugen einen großen Krach zu inszenieren. Mit mühsam unterdrücktem Widerwillen probierte sie das Kostüm nochmals an. Aber die Oma blieb zurückhaltend. Vielleicht könnte man so etwas tragen in einer Großstadt, wo niemand einen kannte – aber bitte nicht auf ihrem Fest! Und eine Tante, die es angeprobt sah, sprach gar etwas von flittchenhaft.

Sabine hatte ein konventionelleres festliches Kleid dabei. Das Kostüm wurde also wieder verpackt. Nochmals zurückschicken wollte sie es nicht – aber ewig ungetragen sollte es hängen im Schrank.

Sein Stolz war geknickt. Er trank etwas mehr Friesengeist als andere und sang etwas lauter – die Geburtstagsgäste vermerkten es irritiert. Gesprächen fernbleibend, aber lärmend Tischfussball spielend erregte er bei der Festgesellschaft Befremden.

Sabine versuchte, ihren Groll zu unterdrücken – es gelang ihr nur halb. Aber sie scheute sich, Konsequenzen zu ziehen. Sie biss die Zähne zusammen und ertrug ihn. Was sie sich eingebrockt hatte, wollte sie durchstehen. Vielleicht würde er auf lange Sicht doch lernen, westlichen Geschmack zu respektieren.

Das Hochbett

Studenten sind im allgemeinen knapp bei Kasse, heute wie früher. Noch schlimmer, wenn eine Studentin drei Kinder hat aus einer geschiedenen Ehe, und wenn auch ihre Eltern nicht gerade mit Reichtümern gesegnet sind. Der Kauf jeden Stücks Hausrat wird zum finanziellen Problem.

Um 1990 war es schwierig, für eine solche Familie eine geeignete Wohnung zu finden. Schließlich schaffte es die Studentin. Einige Möbel erhielt sie von Verwandten und Bekannten, andere fand sie nach und nach auf dem Sperrmüll. Zum Beispiel einen tadellosen Lattoflex-Bettenrost. Schmutzig, zugegeben. Aber das ließ sich reinigen. Nur, wenn der Rost neben ihrem alten Sofa im Kinderzimmer auf dem Boden lag, blieb kaum Platz für einen Tisch.

In einem Katalog sah sie das Bild eines Hochbetts. Schön und raumsparend, man konnte das Sofa über Eck darunter schieben.

Leider war es für sie nicht bezahlbar. Aber vielleicht könnte ihr Vater das nachbauen? Eigentlich war er ja kein Handwerker, aber von Schreinerarbeiten verstand er etwas.

Zuerst wollte er nicht recht. Sollte er mit über sechzig Jahren nochmals die Plackerei auf sich nehmen, die er als junger Mann für seine eigenen Kinder geleistet hatte? Aber dann musste die Studentin an einem Wochenende unbedingt in ihrem Labor sein, die Großeltern hüteten die Kinder, da konnte er in der Zeit auch ein Bett bauen. Material und Zuschnitt gab's billig im Baumarkt, auf dem Vorplatz der Wohnung machte er sich an die Arbeit. Die Kinder sprangen zwischen seinen Beinen herum und sammelten Abfallstückchen. Wie, diese breiten Leitern sollten ein Bett geben? Die würden ja gar nicht zusammenpassen! Aber zum Klettern, ja, zum Klettern wären sie sicher fein!

Spätnachmittags waren die Teile gerichtet, die Oma hielt sie zur Probe. Würde der schwierige Zusammenbau gelingen? Eine Freundin saß neben den Teilen auf dem Boden, die Kinder liefen dazwischen herum, stets dort, wo sie den Opa am meisten behinderten. Und dann stand auch die Studentin in der Tür und schaute zu, die Oma half. Der Opa schraubte und schwitzte – und im Nacken saß ihm die Angst, trotz aller Sorgfalt könnte der Rost schließlich doch nicht passen, oder das ganze Gestell könnte wackeln. Und wie stände er da, wenn es gar unter den Kindern zusammenbräche? Immer nervöser wurde er, jede Drehung der Schrauben ließ seine Arme schmerzen. Aber schließlich stand es, man hob den Rost hinein, und er passte. Matratzen drauf, und sie saßen fest. Maßarbeit. Die Kinder durften hinauf.

Bedrohlich knarrte und quietschte das Holz. Die Kinder sprangen, und es schwankte vor und zurück, wie ein Boot, schwingend auf stoßenden Wellen. Aber es hielt. Noch eine Diagonal-Stütze – dann rüttelte der Opa an dem Gestell, es rührte sich nicht. Mit vereinten Kräften schob man es an den richtigen Platz, das Sofa darunter – jetzt war Raum für den Tisch im Kinderzimmer.

Zugegeben, es sah recht einfach aus, das glatte rohe Holz wirkte nicht elegant. Aber es erfüllte seine Funktion, und die Kinder kletterten begeistert darauf herum. Der Opa war mit seiner Arbeit zufrieden.

Wenige Monate später lernte die Studentin einen neuen Freund kennen. Der liebte eine gewisse Eleganz, und mit Hilfsarbeiten konnte er nebenher etwas Geld verdienen. Er fand das selbstgezimmerte Bettgestell primitiv – lackierte Fabrikware wirkte doch viel schicker! Nach drei Jahren hatte die Studentin ihr Diplom, sie erhielt eine Stelle, brachte Geld in die Haushaltskasse. Die jungen Leute fanden eine größere Wohnung, und der ärgste Mangel war vorbei. Als der Opa mal wieder zu Besuch kam, strahlte das Kinderzimmer in neuem Glanz; sein Werk hatten die jungen Leute für wenig Geld verkauft.

Der Opa konnte seine Enttäuschung nicht verbergen. Gewiß, die Jungen hatten das Recht auf ihr eigenes Leben – aber es wurmte ihn doch, dass seine Arbeit nicht höher geschätzt wurde, dass man ihn gar nicht gefragt hatte, bevor man sie fortgab. Etwas verärgert stellte er seine Tochter zur Rede. Aber die antwortete nur schnippisch: „Was willst du denn – so ist nun mal der Lauf der Welt."

Immerhin, es blieb ein Trost: vielleicht leistete ja das Hochbett jetzt einer anderen bedürftigen Familie gute Dienste.

Großmutters Bank

Nach Jahren im Ausland kehrte ich heim, besuchte meine Schwester. Während wir erzählten, schaute ich durchs Fenster. Im Garten stand unter dem Kirschbaum die alte Holzbank.

Ich erschrak. Wie schwarz und verdreckt sah sie aus! Hatte meine Schwester vergessen, dass die Bank mir gehörte, ich sie bei ihr nur untergestellt hatte für die Zeit meiner Abwesenheit? Von unserer Großmutter hatte ich sie geerbt, in deren Zimmer hatte sie gestanden, oft hatte die Großmutter erzählt, wie sie als junges Mädchen mit ihrem Freund darauf gesessen hatte. In Gedanken sah ich das Zimmer der Großmutter, hörte ihre Stimme, roch die Duftkräuter aus der Schale auf ihrem Buffet. Auf der Bank lagen damals gestickte Kissen, rutschten hin und her auf dem glatten glänzenden Holz.

Meine Schwester erklärte: sie hatte nicht genug Platz in ihrer Wohnung, und den Sommer über lebten sie hauptsächlich im Garten. Sie liebte es, dort ihre Blumen zu pflegen, und es war so praktisch, dabei alles Mögliche auf der Bank abzulegen. Allerdings war der Boden dort etwas uneben, und wenn mehrere Leute auf der Bank gesessen hatten, hatte die angefangen, ein bißchen zu wackeln. Aber das war nicht schlimm, der Baumstamm stützte die Bank; und sie stand dort auch sehr geschickt, von ihrer Armlehne aus konnte man hochklettern und im Sommer die Kirschen ernten.

Ich war entsetzt. Wie hatte sie Großmutters Bank so schlecht behandeln können! Und als ich mir die Sache draußen näher besah, war es noch schlimmer: eine Armlehne war vom Rücken halb abgebrochen, jemand hatte dicke eiserne Nägel hineingeschlagen, schwarze Striche zogen von dort nach unten. Und auf die hölzerne Sitzfläche hatten sie kaugummiartige Plastikstreifen geklebt, wohl, damit Auflagen nicht verrutschen sollten. Als ich sie vom Baumstamm abrückte, ächzte und schwankte sie, und ich sah, dass die Füße angemodert waren und bröckelten.

Meine Schwester bemerkte meine Wut. „Na ja, sie taugt nicht mehr viel, aber hier im Garten kann ich sie noch gut gebrauchen!" Meinte sie. Und auf mein bitteres Schweigen: „Wenn du willst, geb ich dir noch ein paar Mark dafür. Und nächstes Jahr schaff' ich mir eine andere aus Kunststoff an, das ist haltbarer. Dann kann ich die hier verheizen."

Am liebsten hätte ich ihr eine runtergehauen. Merkte sie gar nicht, wie sehr ihre Brutalität mich verletzte? Ich packte die Bank und verstaute sie in meinem Auto. Frostig fuhr ich davon.

Ein Bekannter von mir kennt sich ein wenig aus mit Holzarbeiten. Er zog die verwitterte Schicht ab und schliff tagelang. An den wackelnden Stellen konnte er unauffällig stützende Stücke einleimen und verschrauben. Jetzt ist sie frisch lackiert, warm glänzt wieder das massive Eichenholz, rot schimmert die Vorderkante aus Kirschbaum. Sie steht wieder fest, schlicht und schön, ein Schmuckstück meines Zimmers, eine Erinnerung an meine Großmutter. Wenn ich daran denke, dass meine Schwester sie verheizen wollte, packt mich noch heute die Wut.

Ein Gott im Museum

Ich bin aus hellem Holz, und doch bin ich der Gott dunkelhäutiger Menschen. Wenn die Hitze flimmert über der Steppe, warte ich in halbdunkler Hütte: die Nacht wird kommen und der volle Mond, sie werden mich aufrichten hoch über dem Feuer, und der Rhythmus ihres Singens, Tanzens und Stampfens wird sie in Ekstase versetzen, sie den Einklang der Menschen mit dem Kosmos spüren lassen, immer das Gleiche und doch in wiederkehrendem Wechsel: Ram, tam tam tam, ram ram – ram, tam tam tam, ram ram. Leben ist Rhythmus, Rhythmus ist Leben. Die Einfachheit meiner Formen sagt es: gleichmäßig rund der armdicke und armlange Körper, schlank der handbreite Hals, rund der Kopf; nur meine roten Muschel-Augen verraten ein wenig von meinem Zauber: mein Blick über die Menschen bannt Krankheit, schützt vor Verletzungen und Schlangenbissen, lässt Regen kommen, wenn es Zeit dafür ist. So einfach ist das: mein helles Holz zeigt, wie es gewachsen ist in guten und schlechten Jahren; die Einfachheit der Form spricht von einfacher Wahrheit. So erhält sich das Leben. Wenn die Menschen tanzen vor mir, werden sie eins mit der Nacht, mit dem Feuer, den Geistern nah und fern und den Sternen.

Manchmal kommen weiße Männer, erzählen meinen dunklen Menschen von einer anderen Welt. Da soll es tausend Dinge geben, die versprechen, das Leben leichter zu machen. Alle erzeugt in unfassbar großen Häusern aus Stein, Eisen und Glas, fern von den Menschen, die sie gebrauchen. Die leben ohne Sinn, herausgefallen aus allen Ordnungen der Natur. Sie verehren einen anderen Gott, aber was sie mit dem meinen, wissen sie selbst nicht. Manchmal streiten sie um Worte, die ihnen mehr bedeuten als greifbare Dinge, und diesen Worten haben sie Millionen von Menschen geopfert – vor mir floss nur das Blut von Schafen, Ziegen und Hühnern.

Meine dunkelhäutigen Menschen haben sich beschwatzen lassen. Sie nahmen Dinge aus Eisen und seltsamem, gewichtlosem Zeug, schwarze Kästen, aus denen allerlei Töne die Luft erfüllen, auch wenn es keinen Grund dafür gibt. Sie folgten den Lehren und der Lebensweise der Weißen und gaben mich, ihren Gott, dem weißen Prediger als Geschenk. Sie verlieren den Zusammenhalt mit ihren Brüdern, fallen auseinander wie ein Büschel Gras, das von keinem Band mehr zusammengehalten wird. Ich kann es nicht ändern: ich bin ein Gott, und doch auch nur ein Stück helles Holz.

Jetzt stehe ich in einem Schrank aus Glas, begafft. Weiße Menschen schauen die Dinge an hier im Museum, geschickt gearbeitet aus Ton, Stein oder Elfenbein. Tiere und Töpfe, Waffen und Schmuck, reich verziert mit Ornamenten. An meiner einfachen Gestalt gehen sie achtlos vorüber. Manche Männer kreuzen die Arme vor dem Bauch oder hinter dem Rücken, gehen steif, mit hängenden Mundwinkeln, ohne Freude und ohne Leben. Was nützt ihnen ihr Wissen? Andere Männer schauen mich an, als versuchten sie zu verstehen – es gelingt ihnen kaum.

Öfter gehen Frauen zwischen den Glasschränken umher. Einige denken nur daran, den Staub wegzuwischen. Andere kommen, deren Haare in manchen Jahren hoch gewellt, in anderen fast kahl rasiert sind, einige mit feinen Strichen statt der Augenbrauen, andere mit Mündern, die röter leuchten als jede Frucht, langen bunten Fingernägeln an Händen, die nie gearbeitet haben. Wichtig ist ihnen, gesehen zu werden, kluge Worte erklingen zu lassen. Sind sie die Gesellschaft der Götter dieser Zeit? Vielleicht gelten sie den weißen Männern als schön und elegant. Mitunter gibt es auch Frauen, die aussehen, als könnten sie sich einfühlen in meine ihnen fremde Welt – aber alle die Menschen hier bleiben vereinzelt, wachsen nie zusammen zu einer einzigen, alle und alles umfassenden Kraft. Was wissen sie von den ewigen Rhythmen der Natur? Wer weiß, ob die Menschen je zurückkehren werden zu natürlichem Einklang mit Sonne und Regen, Bäumen und Gras?

Maschinen geben ihnen, was sie haben wollen; Maschinen spucken tote Dinge aus, aber sie wollen bedient werden mit so viel Hingabe, dass sie den Menschen die Seele aussaugen. Wenn die Maschinen es verlangen, löschen die Menschen sich selber aus. Ich höre sprechen von Maschinen, die mit mächtigem Zauber die Klugheit von vieltausend Menschen in sich vereinen, die entscheiden können über Hunger oder Überfluss, Reichtum oder Krieg und Not.

Vielleicht werden diese Maschinen bald mächtiger sein als alle Wesen der Erde …

Mein helles Holz wird zerfallen, und mit ihm meine Welt und mein Zauber. Ob neue Kräfte einst neues Leben schaffen werden?

III. Tierisches

Die Qualle

Wir feierten eine Konfirmation. Von weit her waren die Gäste gekommen, auch Leute, die wir seit Jahrzehnten nicht gesehen und fast aus den Augen verloren hatten. Die Eltern des Konfirmanden waren Gymnasiallehrer, interessiert an Literatur, Musik und Kunst. Das Fest sollte auch entferntere Verwandte dem Familienkreis wieder näher bringen.

In einem guten Restaurant saß man beisammen, ein leckeres Essen war aufgetragen, vielerlei Gespräche schwirrten hin und her. In meiner Nähe ein pensionierter Feuerwehrmann. Er schien sich etwas unbehaglich zu fühlen unter Leuten, die er kaum kannte und die in einer ihm fremden Weise Konversation betrieben. Der Vater des Konfirmanden hielt eine Rede, man trank einige Gläschen, und da sagte der Feuerwehrmann plötzlich mit lauter Stimme, unverkennbar im Tonfall des Ruhrgebiets: „Tja, und vielleicht is dat ja für de Jung auch janz jut, an so enne Dag mal wat übers wirkliche Leben zu hören." Die Unterhaltungen verstummten, alle schauten zu dem großen, starkleibigen Mann mit der roten Glatze. „Ja bitte, lieber Karl", sagte der Vater, „wenn du uns was Gutes erzählen kannst, hören wir gerne zu – du hast ja sicher viel gesehen, wir haben keine Angst vor deinen Erlebnissen, auch wenn die vielleicht für einige von uns etwas fremdartig sind!"

Karl ließ sich nicht lange bitten. „Ihr wißt ja, ick bin nu ne paar Jahr in Pension, un ab un an denk ich an all den Kram, der mir so unterjekommen is in de sechsunddreißig Jahr, wo ich bei die Feuerwehr war. Wer Notdienst tut auf dem Essener Baldeney-See, der muß schon mal Wasserleichen bergen. Schön sind die ja nu nich grad anzukucken."

Karl räusperte sich, trank einen Schluck Bier und fuhr fort: „Aber da war noch wat anners, dat war wirklich stark. Wollt ihr dat wirklich hörn?"

Die meisten nickten und murmelten beifällig, auch wenn sich in einigen Gesichtern skeptische Zurückhaltung zeichnete. Die übersah er, und mit lauter Stimme erzählte er weiter: „Eines Tages rief uns ne Arzt an. Wir sollten ne Frau aus ihre Wohnung in en Krankenhaus bringen. Ein Krankenwagen konnte dat nich, da gab es besondere Schwierigkeiten; wenn sonst keiner helfen kann – dann rufen se die Feuerwehr. Wir kamen zu ner herrschaftlichen Villa. Erker und Türmchen und so, vor dem ersten Krieg ließen sich manche Bosse so was hinklotzen. Riesenpark mit schmiedeeiserne Gitter drum rum; in einer Ecke davon waren se grade dabei, noch nen andern Bau hochzuziehn.

Wir läuteten, und nen kleiner Dicker machte uns auf. Der Anzug spannte über seinem Bauch. Dunkles Tuch, mußte von guter Qualität sein, straffe Stränge zu den schräg sitzenden Knöpfen. Dat Jesicht war ziemlich schwabbelig; Wülste und Falten zogen sich drüber. Mitten drin qualmte ne dicke Zigarre, jewissermaßen der Schlot im tätigen Betrieb.

Fettig glänzende Glatze. Schwer zu schätzen, wie alt er war – vielleicht um die fufzig. „Kommen Se mit!" sagte der Dicke, sonst nichts. Er stapfte voran wie ne paffende Lokomotive, nen repräsentatives Treppenhaus rauf, um siebenunddreißig Ecken, geschnitztes dunkles Eichengeländer um nen weiten Lichtschacht. Mitten drin nen verschnörkelter Leuchter aus Messing. An den Wänden Ölbilder, Fabriken mit Rauchwolken, Kommerzienräte, Unternehmer, dazu die passenden Damen in vornehmen Kleidern. Verwinkelte Korridore, einige Treppen runter, dann wieder schmale Hintertreppen rauf. Schließlich kamen wir in nen riesiges Dachzimmer. Unbeschreiblich der Gestank, der uns entgegenschlug – dat war wie nen richtiges Brett vor n Kopp. Leere Wände, kaum Möbel – nur mitten drin nen riesiges Gestell, grob gezimmert aus rohem Kantholz.

Drauf ne Matratze, und auf der nen massiges Wesen: eine Frau, die fleischigen Schultern gingen direkt über in unförmige Arme. Kurz un dick waren die, wie speckige Flossen. Kein Hals, die Kinnwülste lagen direkt auf der Decke, unter man Brüste ahnte so groß wie mittlere Kürbisse. Breites, teigiges Gesicht, kleine Schweinsaugen, kaum zu sehen zwischen Fettringen. Unter der Decke flossen die Fleisch- und Fettmassen nach allen Seiten heraus. Ein Wesen, das mehr einer Qualle als einem Menschen ähnlich sah. Mehr als vier Zentner musste es wiegen."

Die Bedienung trug einen duftenden, dampfenden Braten herein. Sie musste Karls Worte gehört haben, stellte die Schüssel mit einem lauten

Rums auf den Tisch, verzog sich dann schleunigst. Einige Gäste machten ärgerliche Gesichter, der Vater des Konfirmanden versuchte Karl zu unterbrechen, wünschte allen einen guten Appetit. Eine Zeit lang hörte man nichts als das Klappern der Messer und Gabeln. Stille. Dann fragte am andern Ende des Tisches eine helle Kinderstimme: „Mutti, essen die Chinesen Quallen? Weißt du, wie die schmecken?"

Irgendjemand lachte, ein seltsames, gequetschtes, hysterisches Lachen. Karl fühlte sich erlöst, trank noch einen Schluck Bier und fuhr fort:

„Uns verschlug es den Atem – noch nie hatten wir so wat jesehen. Eigentlich hätte dat Wesen ja Mitleid verdient – aber dat blieb uns im Hals stecken. Ekel würgte mich, ich öffnete das Fenster; als ich mich umdrehte, war der Hausherr weg.

Kein Gedanke, dass wir zu zweit dieses Monstrum auf einer gewöhnlichen Trage aus dem Haus schaffen konnten. Wir stiegen die Treppen runter zur Haushälterin; die erzählte, sie hatte die Schwester des gnädigen Herrn immer gut und reichlich gefüttert. Die Verstärkung, die wir anforderten, brachte ein Sprungtuch mit, und nen paar Arbeiter von die Baustelle draußen packten mit an. Mit sechs Mann mussten wir unter die wabbelnde Masse greifen, um die Qualle auf dat Sprungtuch zu rollen – nich dran zu denken, dass die auch nur einen Schritt hätte tun können. Nur mühsam konnten wir se schleppen. Vor jede Tür mussten wir überlegen: Kopf voran oder Füße? Von beiden Seiten mussten wir se zusammenquetschen, um se zentimeterweise durchzudrücken. Bei jede von die vielen Ecken mussten zwei Männer die massigen Beine heben, damit wir rumkamen. Natürlich war die Decke längst runter und dat Nachthemd verrutscht, wir mussten in den nackten glatten Speck greifen. Immer wieder kreischte sie: „Onkel, tu mich ja nich weh!" Und dann die Treppen: Nen Baukran aufbauen, und se damit runter lassen? Wollten wir, ging nich, da wär dat Geländer jekracht. Zwei hoben die Beine an, drei zogen das Sprungtuch hoch, einer versuchte, ne Kissenrolle unter ihren massigen Arsch zu schieben. Wir schwitzten, dass es nur so tropfte. Einmal stolperte ich, sie schlug auf den Boden, schrie. Wir schnauften und stöhnten, und die Treppe knarrte man so – wirklich, ich hatte Angst, se würde zusammenkrachen unter unserer Last."

Karl musste sich offensichtlich von seiner eigenen Rede erholen, er steckte sich einige Gabeln von dem deftigen Braten in den Mund, spülte mit einem kräftigen Schluck Bier nach. Einige Gäste verzogen angeekelt die Gesichter, schoben ihre Teller weit von sich. Sein Tischnachbar, ein technisch interessierter jüngerer Mann, fragte: „Und wie habt ihr die Qualle dann abtransportiert?" Karl kaute bedächtig, dann sagte er: „Ein Einsatzwagen der Feuerwehr bietet Raum für zwei nebeneinander gestellte Tragen mit Verletzten. Unmöglich, dieses Wesen auf einer einzigen Trage unterzubringen. Wir holten Hohlblocksteine von die Baustelle, schafften damit eine ebene Ladefläche; dann wuchteten wir die Qualle hoch. Je ein Mann packte einen Arm und ein Bein, zwei krochen drunter, um den Körper zu heben – und die hatten Angst, von dem quabbeligen Koloss erdrückt zu werden. Wir brauchten ne ganz schöne Zeit, bis wir se endlich im Wagen hatten – und dann quollen ihre Fleischmassen an den Seiten hoch bis zu den Fenstern. Vorsichtig, in ganz langsamer Fahrt ging es zum Krankenhaus. Die Aufnahmeschwester warf einen Blick in den Wagen, wurde bleich, rannte davon. Der leitende Arzt wollte sich weigern, „so etwas" in sein Haus aufzunehmen – da würden ihm ja alle Schwestern weglaufen. Unser Einsatzleiter telefonierte mit unserm obersten Chef, und der rief den Arzt an; wir standen draußen vor die geschlossene Tür, aber die brüllten so laut, wir hätten taub sein müssen, um nicht alles mitzukriegen: Paragraph soundso und Paragraph soundso, unzumutbare Belastung, unterlassene Hilfeleistung, die warfen sich Sachen an die Köppe, dat rauchte man nur so. Schließlich musste der Arzt nachgeben, wir luden die Qualle aus. Nochmal zusammenquetschen die Masse, dat wir sie aus dem Wagen kriegten! Runterlassen, jede Speckrolle einzeln! Und sie schrie: „Onkel, mich tut alles weh, bringt mir zu meine Mutti!" Auf dem Sprungtuch schleppten wir se in ein abseits gelegenes Zimmer."

Unser gutes Essen stand kaum angerührt auf dem Tisch. Einige Verwandte erhoben sich, verabschiedeten sich schnell und möglichst unauffällig. Karl sah ihnen nach; er schien ein bißchen verlegen. Aber er fasste sich rasch und meinte trocken: „Tja, ich wollte ja man bloß erzählen, was man so mitkriegt bei die Feuerwehr. Zwanzig Jahr is dat nu her, aber den Anblick, den werd ich mein Leben lang nich vergessen."

Die Wespenfalle

September. Auf dem Tisch in der Sonne steht eine offene Flasche. Süßer Likör hatte sie gefüllt – jetzt ist sie leer. Nur wenige Tropfen noch an ihrem Boden. Der Duft lockt Wespen an, sie umschwirren die Flasche, lassen sich außen am Hals nieder, krabbeln umher, schlürfen kleine Tröpfchen, vor allem dicht unter dem Rand, wo roter Siegellack sie aufgefangen hat. Auch ganz oben muss es noch winzige Spuren geben, die eine oder andere Wespe kostet davon, wagt sich vorsichtig ein wenig hinein in die Öffnung. Und plötzlich rutscht sie ab am Glas, ein kleines Stückchen nur, sie fliegt auf und nieder, sucht das Weite – und findet es eine Handbreit darunter in der Wölbung der Flasche. Anstoßend gegen das sonnenerwärmte Glas, gerät sie in Panik, wie rasend schwirren die Flügel, auf und nieder geht es im Innenraum – nur den Weg senkrecht nach oben findet sie nicht. Sie gelangt an den Boden – dort liegen schon viele ihrer Schwestern, Leib, Beine und Flügel verrenkt im Todeskampf. Verzweifelt klettert die Wespe über die Körper, versucht, den klebrigen Grund zu meiden – vergebens, nach kurzer Zeit tauchen ihre Fühler in den zähflüssigen Likör. Noch will sie entkommen – greifbar nah ist doch alles, was sie benötigt zum Leben: Sonne, Luft, Nahrung. Die Glaswand der Flasche und der süße Rausch sind stärker, sie sinkt hin und stirbt.

Schon kommt die nächste herein. Besonders vorsichtig, nur ein kleines bißchen möchte sie kosten von der Süße. Einmal abgerutscht, findet auch sie keinen Ausweg. Am Boden über Leichenberge nach oben strebend, bemüht sie sich mit größter Sorgfalt, nicht ins gefährlich Feuchte zu geraten. Sie fällt auf den Rücken, ihre Flügel kleben am Boden. Wo ihre Schwestern rasch ertranken, wird sie noch lange Kopf und Unterleib nach oben recken, umsonst, ihre Flügel haften. Sie findet einen langsameren und qualvolleren Tod als ihre Schwestern.

Weitere Wespen betrachten von außen die Toten in der Flasche. Es hält sie nicht ab, oben an der Öffnung süße Tröpfchen zu kosten. Glauben sie, bei vorsichtigem Probieren der Gefahr zu entgehen? Einige fliegen tatsächlich sicher davon. Andere stürzen hinein, Opfer ihres Drangs nach sonst nie gekannten Genüssen.

Ein Mensch, der den Vorgang beobachtet hat, zählt am Ende des sonnigen Nachmittags siebenundzwanzig Leichen.

Die Spinne

Je blutrünstiger, schleimiger und widerlicher, desto mehr fühlte Daniela sich befriedigt von grausamen Geschichten, die sie sich ausdachte in ihrem sauberen Zimmer mit den Blumentöpfen am Fenster, in der Fürsorge ihrer wohlhabenden Eltern, mit ihrem Auto in der Garage. Sie saß wieder an ihrem Computer und sandte ihre Gedanken in finstere Abgründe. Ihr Blick tauchte in den schwarzen Kaffee, der auf ihrem Schreibtisch stand, sank im Strudel tiefer und tiefer in das dunkle Gebräu. Das Dunkel wurde zum Dämmerlicht eines Urwalds, in dem Spinnweben sich spannten. Eines dieser Netze war ihres, kleine Tröpfchen ließen die radialen Achsen funkeln und auch die klebrigen Fädchen zwischen ihnen. Wer würde hängenbleiben, um von ihr, der Spinne, ausgesaugt zu werden? Wie dringend brauchte sie Blut und Wärme!

Richtig, da kam ein Mückerich, Culex pipiens, lange Fühler, singende Flügel, schmächtiger Körper. Ahnungslos setzte er sich auf die schwankende Linie, blieb kleben – lohnte es, ihn einzuwickeln, durch einen Biss zu lähmen? Die Spinne zögerte noch, da verfing sich eine fette schwarze Fliege im Netz, aufgeblasen summend. Wild strampelte sie – rasch wurde sie nahrhafte Kost für saugende Mundwerkzeuge, ihren klebrigen Saft auszuschlürfen war Genuss, Lust und Ekel. Eine fast durchsichtige Motte flatterte auf und nieder, schwatzhaft, im nächsten Augenblick sprachlos und stumm. Aber war sie nicht allzu wässerig?

Satt, zufrieden und prall gefüllt ruhte die Spinne am Rande ihres Netzes. Verschlafen blinzelte sie einem großen Schmetterling zu, der an ihrem Netz vorbeitaumelte – nein, sie war nicht interessiert, die bunten Flügel waren nicht nach ihrem Geschmack. Und vor der blau schillernden Libelle fürchtete sie sich – die konnte nicht nur ihr Netz zerreißen, sondern sie selbst in Stücke schneiden – nur gut, dass sie vorbeiflog! Auch der am Boden krabbelnde Käfer war uninteressant, nie würde er sich in ihre luftigen Höhen verirren. Wie schön, ausnahmsweise einmal nichts zu denken, zu verdauen – fast glaubte sie zu spüren, wie in ihrem Leib der Saft ihrer Opfer vergor zu eigenen Körpersäften.

Da – eine dicke Hummel zappelte in den Maschen. Blitzschnell stürzte sich die Spinne auf den summenden Koloss, biss hinein in den schwarzen Pelz, spritzte ihr Gift. Vergebens versuchte die Hummel zu stechen, sie strampelte verzweifelt – sie wurde eingewickelt, immer enger umschnürt, aufgehängt als noch lebende Nahrungsreserve für schlechtere Tage.

Ein Stoß ließ die Spinne zusammenfahren. Tiefes Rumoren dröhnte herauf aus der Erde, Gläser klirrten, das Netz zerriss. Daniela starrte wieder in ihre Kaffeetasse, der Inhalt schwappte über den Rand. Zitternde Kreise auf dem Kaffee – und auch in ihr zitterte nach, was sie eben erlebt hatte. War sie wirklich Spinne gewesen? Was trieb sie, ihre Bekannten als Insekten zu sehen, die sie ausschlürfen konnte?

Das Telefon schrillte. Ihre Freundin wollte wissen, ob auch sie das Erdbeben gespürt hatte. Was für eine alberne Frage! Sie machte auch Sonja zur Fliege. Wie banal die Menschen doch waren! Sah nicht ihr Vater aus wie eine dicke schwarze Hummel? Was für abgeschmackte Erfindungen er in ihrem Haus ausprobierte! Erst heute Morgen noch hatte er von einer neuartigen energiereichen Lampe gesprochen, die durch Erschütterungen zu den ungewöhnlichsten Reaktionen angeregt wurde. Sollte er doch sein Ingenieurs-Wesen im Konstruktions-Büro an einen Haken hängen! Und was für langweiliges Zeug schwatzte ihre Mutter nicht alles zusammen! Krabbelnd wie eine Ameise suchte sie ständig ihresgleichen, trommelte mit langen dünnen Fühlern Nachrichten, vielleicht über irgendwo herumliegendes nahrhaftes Aas. Wer noch außer ihr selbst, Daniela, ragte heraus aus dem Sumpf der Plattheiten? Groß, schlank, im wehenden schwarzen Mantel und mit blitzenden Augen würde sie stets alle Durchschnittstrottel überstrahlen, würde erhaben sein über sämtliche Spießer.

Schon wieder das verdammte Telefon! Ihre Mutter diesmal: „Hör zu, Liebes, ich kann nicht heimkommen, die Sitzung im Verein ist wichtig, richte dir und Papa ein Abendessen, du findest alles Nötige im Kühlschrank!" Scheiße. Sie hatte keine Lust, Hausmütterchen zu spielen, aber sie musste es wohl, wenn sie nicht Ärger kriegen wollte. Als sie in der Küche die Lampe einschaltete, drangen zwischen dunklen Blenden dünne Strahlen in den Raum, erzeugten auf dem Tisch und am Boden ein radiales Muster. Zwischen den Strahlen vibrierten eigenartige Brücken aus Licht und Schatten.

Ihr Arm geriet in solch eine Brücke, taumelte wie in einem schwankenden Netz. Benebelt ihr Blick – unachtsam führte sie das Küchenmesser. Sie ritzte ihre Haut, Blut sickerte an ihrem Finger herab, tropfte auf den Tisch. Seltsam, wie der rote Tropfen zwischen den vibrierenden Lichtstrahlen zu hängen schien. Einen zweiten Tropfen an einen anderen Faden des Netzes – vielleicht würde ein dritter es noch schöner machen. Das Messer lockte – sie ritzte ihren Arm, gewann Saft für weitere Muster. Der scharfe Schmerz wurde zum heißen Genuss. Zart und rot zeichnete sie ein Spinnennetz auf ihren weißen Arm. Tief versank sie in den Anblick, sie hörte nichts.

Plötzlich stand ihr Vater in der Küche. Der große, beleibte Mann würdigte sie kaum eines Blickes. Zielstrebig griff er nach Brot, Wurst, Käse und Bier. Er erzählte von Funktionen, die wechselnde elektrische Spannungen an neuartigen Lichtquellen erzeugen. Keinen Blick und kein Wort hatte er für das rote Spinnennetz auf Danielas Arm. Gleichgültig schob er ihr die Fleischplatte und das Messer hin. „Der kalte Braten ist gut!" sagte er.

Da nahm sie das Messer und zog einen tiefen Schnitt quer über seinen Handrücken, dass das Blut nur so herausschoss. Er fuhr zusammen, packte sie pressend, stammelte immer wieder „Was soll denn das! Daniela! Was ist in dich gefahren!" Sie küsste seine Hand und versuchte, das Blut aufzusaugen. Dann bekam er irgendwo ein Stück Schnur zu fassen, band die Ader ab. Ein Notarzt kam.

Immer noch warf die seltsame Lampe ihr Netz aus Licht und Schatten auf den Küchenboden. Daniela hockte in einer Ecke, war Spinne im Strahlennetz. Sie zog die Knie unter ihr Kinn und zitterte. Sie hatte Blut geleckt. Fragen des Arztes beantwortete sie nicht, klapperte nur mit den Zähnen. Der Arzt sah auf ihren Arm. Für sie wurde er zur Überspinne, die sie einwickelte in eine Jacke mit seltsamen langen Ärmeln. Widerstandslos ließ sie sich abtransportieren.

Der Pfau und das Warzenschwein

Nahe bei einem Fluss in Indien lebten ein Pfau und ein Warzenschwein. Der Pfau verachtete das hässliche Schwein; und das Schwein, das sich seiner Hässlichkeit durchaus bewusst war, bemerkte die Arroganz, mit welcher der Pfau auf es herabschaute.

Eines Tages, als der Pfau wieder einmal eine böse Bemerkung gemacht hatte, sprach das Warzenschwein: „Lieber Pfau, weil du so viel schöner bist als ich, solltest du dich immer im Spiegel bewundern können; komm mit zum Fluss, ich will dir eine Stelle mit klarem und ruhigem Wasser zeigen, wo du ungestört dein Bild erblicken kannst!"

Gern ließ sich der Pfau zum Fluss führen. Von der steilen Uferböschung herab betrachtete er im Wasser die Spiegelung seiner blauen Brust, seines schwarz-weiß gemusterten Gesichts, seines zierlichen Krönchens. „Noch ein wenig näher, so dass du auch dein prächtiges Rad und deine roten Strümpfe bewundern kannst!" sagte das arglistige Schwein. Der Pfau tat es, er rutschte ab, stürzte, und bevor er noch die Flügel ausbreiten konnte landete er im Wasser.

Das Schwein wusste, wie viele seiner Artgenossen an dieser Stelle schon von einem Tiger überfallen und gefressen worden waren; es rannte schnell und laut quiekend davon. Der Tiger aber lauerte auch jetzt im nahen Ufergebüsch. Durch das Quieken des Schweins alarmiert, sprang er hervor und erblickte den hilflos im Wasser planschenden Pfau. „Ei, sprach der Tiger, wie schön du auch bist, du solltest vorsichtiger sein!" Damit biss er dem Pfau den Kopf ab.

Die beiden Esel

Ein Esel fand die Haut eines Löwen. „Wenn ich die anlege, werden alle großen und kleinen Tiere mich als ihren König betrachten und mir mit großen und kleinen Gaben zu Diensten sein", dachte er. Wirklich ließen viele Schafe und Ziegen sich durch die stattliche Erscheinung des Esels im Löwenfell beeindrucken, sie fügten sich seinen Befehlen, und sie gewährten ihm gerne das Recht, überall die saftigsten Leckerbissen zu vernaschen.

Ein neu angekommener Esel dachte: „Was mein alter Vetter kann, kann ich auch." Er besorgte sich die Haut eines Tigers, und er beanspruchte für sich die Herrschaft über die Tiere. Bald fand er eine Gefolgschaft, die sich Vorteile davon versprach, dass sie ihm diente: diese Tiere glaubten, freier als andere zu sein, sie erhielten einflussreiche Stellungen, und sie konnten es sich erlauben, gelegentlich andere zu treten.

Obwohl der Löwen-Esel und der Tiger-Esel einander herzlich hassten, scheuten sie lange davor zurück, einen offenen Machtkampf zu wagen: allzu groß war die Gefahr, dass dabei beiden die nur locker übergezogene Raubtier-Haut von den Schultern rutschen und ihre Gewöhnlichkeit offenbar werden könnte. Also begegneten sie einander stets ausgesucht höflich, ja scheinbar hilfsbereit; übertrieben freundlich rieb einer sein Fell an der Schulter des anderen. Beide verbargen aufs sorgfältigste, wie sehr sie einander verabscheuten. Aber die Anhängerschaft des einen wie des anderen beanspruchte alle Macht für die jeweils eigene Partei, die Kleinen gerieten in Streit, und die Großen wurden hineingezogen, ob sie es wollten oder nicht.

Das Vorhersehbare geschah: im Zweikampf setzten die beiden Esel einander hart zu mit Huftritten und Zähnen, schließlich rissen sie einander die Felle vom Leib, und selbst ihre eigene bisherige Anhängerschaft wandte sich von ihnen ab bei ihrem jetzt kläglichen Anblick.

Ganz ohne Herrscher mochten die Tiere nicht sein. Sie hielten Rat: sollten sie nun ein echtes Raubtier zu ihrem König ernennen? Oder doch lieber einen alten Esel, der niemand gefährdete? Während sie noch berieten, erreichte sie traurige Nachricht: an abgelegener Stelle war einer der beiden Esel seinen Verletzungen erlegen. Auf seinem Kadaver balgten sich die Geier. Der andere rechnete politisch: er verscheuchte die Geier, veranstaltete ein Staatsbegräbnis, hielt eine Lobrede auf den Verstorbenen und hoffte, auf diese Art die Anhängerschaft des früheren Rivalen für sich zu gewinnen. Er versprach, in Zukunft ein milder Herrscher zu sein und niemanden mehr zu treten. Da ihnen keine bessere Lösung einfiel, waren die Tiere es zufrieden. Sie lebten in Eintracht zusammen – bis auf weiteres.

Zwei Schnecken

An einem feuchten Sommermorgen
wollten zwei Schnecken was besorgen.
Die eine, frohgemut und schnelle,
kroch sehr direkt zur Futterstelle.
Die andre, etwas umständlich,
um einen dicken Stein rum schlich.
Die Gärtnerin sieht nicht mit Freuden
die Schnecken am Salatkopf weiden.
Sie sieht die erste voller Grimm
und tötet sie – der geht es schlimm!
Die zweite, noch beim Stein versteckt,
wird nicht von dieser Frau entdeckt.
Sie überlebt und denkt sich froh:
„Welch Glück! Mir eilte es nicht so!"

Die Weihe

Es war einmal ein kleiner Junge, der lebte bei seinen Großeltern in einem Haus mit einem verwilderten Garten. Büsche und hohe Bäume standen um eine Wiese mit bunten Blumen, und allerlei Vögel kamen nah an den Platz, wo die Menschen gewöhnlich aßen. Der kleine Junge liebte die Vögel; er sah zu, wie die junge Amsel sich von ihrer Mutter einen Regenwurm in den Schnabel stopfen ließ, oder wie die jungen Meisen piepsend auf dem Ast zu ihren Eltern rückten, um sich mit Insekten oder Käsestückchen füttern zu lassen. Oft kamen auch Elstern, Katzen oder Eichhörnchen, und die Spottdrosseln schrien zeternd: „Alarm! Passt auf, all ihr kleinen Vögel!" Aber am aufregendsten war es immer, wenn in Höhe der Baumwipfel die große Weihe heranschwebte, ihre Kreise zog und scharf nach unten spähte. „Piäh! Piäh!" schrie sie hell. So tief flog sie, dass man ihre einzelnen hellgrauen Federn erkennen konnte, und manchmal sogar ihre großen bernsteingelben Augen. Dann rief der kleine Junge immer ganz aufgeregt: „Oma, die Weihe ist da!" Und er versuchte, ihr zu antworten: „Piäh! Piäh!"

Eines Tages stand er wieder im Garten, da stieß die Weihe herunter und setzte sich auf einen dicken tief hängenden Ast seiner Birke. Überrascht blieb er stehen und rührte sich nicht. Er stand und starrte den Vogel an, und der Vogel starrte ihn an.

„Gut so, nicht rufen!" pfiff die Weihe. Der kleine Junge schaute und schwieg; es war auf einmal wie selbstverständlich, dass die Weihe sprechen konnte. Er wusste kaum, was er tat; auf der flachen Hand hielt er der Weihe sein Wurstbrot entgegen.

„Danke", sagte die Weihe, „ich habe schon gefrühstückt. Aber wir können miteinander reden. Wie heißt du?"

„Keenan", antwortete der kleine Junge.

„Piäh, das klingt fast so wie ich pfeife", lobte die Weihe. „Bist du immer hier?"

„Nur manchmal, wenn meine Mama in der Stadt arbeitet. Meine Oma ist im Haus."

„Was tust du?"

„Ich schaue den Vögeln zu, und nachher fahre ich Rad."

„Schauen ist gut, ist das Allerwichtigste. Wenn ich kreise, schaue ich auf die Köpfe der Menschen, und nicht nur auf sie, manchmal auch in sie hinein."

„Wie machst du das?"

„Oh, ich schwebe da oben, da sehe ich sie anders. Ich rege mich nicht auf, nicht über sie und nicht über mich. Ich kreise. Und ob sie nun närrisch sind oder klug, sie sind alle weit unter mir."

„Aber du musst schrecklich allein sein da oben!"

„Das gehört dazu. Aber manchmal kreist auch meine Frau oder ein Freund mit mir. Mehr braucht's nicht – wenn man allein ist, tut man, was man selbst für richtig hält. Nichts ist lästiger als ein großer Schwarm von Krähen; laut krächzen sie alle durcheinander, alle fliegen gleichzeitig hierhin oder dahin, machen viel Geschrei um nichts, und einen größeren Vogel können sie einfach nicht in Ruhe lassen."

„Und du kannst wirklich in die Köpfe der Menschen sehen?"

„Mancher Menschen; solcher, die ehrliche Augen haben. Leider verstecken allzu viele ihre schlimmen Gedanken."

„Kannst du erkennen, wer gut ist und wer böse?"

„Schwierig: auch gute Menschen tun manchmal anderen weh, und wenn man denkt, jemand sei böse, tut auch der vielleicht manchmal Gutes. Meistens folgen die Menschen dem, was ihnen gerade einfällt, und oft merken sie nicht, wie das für andere ist. Sie könnten vorher denken, doch sie tun es oft nicht; meistens wollen sie nur irgendetwas haben, und dann sind sie gleichgültig für den Schmerz von Tieren und Menschen. Nie können sie genug kriegen an Geld, Land oder Macht!"

„Nein, meine Mama ist nicht so!"

„Deine Mama muss Futter holen für dich; kann sie fragen, wo sie es findet und wie? Und sie wird wohl auch Fleisch essen, oder? Kann sie daran denken, wo es herkommt? Auch ich muss kranke Tiere töten und fressen. Wir können nicht anders. Auch du wirst Fleisch essen." Die großen bernsteingelben Augen blickten Keenan durchdringend an.

„Ich möchte alle Tiere nur liebhaben!"

„Lasse ihnen ihre Freiheit und nimm für dich nur das, was du wirklich unbedingt brauchst!" Die Weihe schüttelte sich, zupfte eine Feder aus und ließ sie für Keenan auf die Erde fallen.

„Denke an mich, zieh deine Kreise und versuche, in die Gedanken der Menschen zu schauen – aber du brauchst nicht alles so zu tun wie die meisten von ihnen! Vielleicht findest du manches, was du besser machen kannst!"

„Wie machst du es, dass du fliegst? Ich bewege doch auch meine Arme, und die Luft trägt mich nicht!"

„Wenn du ganz dir selbst folgst, fällst du erst ein kleines Stückchen, doch dann steigst du! Nimm meine Feder und denke an mich!"

Und die Weihe ließ sich fallen, schlug kräftig ihre Flügel, zog drei Kreise über dem Garten und flog davon.

Frutti di Mare

Meist ist Müller recht verdrieslich,
doch heut' möcht er ganz genüsssslich
sich an Meeresfrüchten laben,
die im Restaurant zu haben.
Festlich strahlen die Gedecke,
Blumen leuchten im Gestecke,
und ein milder Kerzenschein
schläfert böses Denken ein.
Wohlig kann man dabei lauschen
wie die schönen Töne rauschen
von den guten Musikanten
zu den Herren, den galanten,
und den aufgeputzen Damen,
die den Speisetempel rahmen.
Schalentiere aller Arten
darf man reichlich dort erwarten –
schönstens sind sie angehäufelt,
mit Zitronensaft beträufelt,
fügen sich zum Farbenreigen
zu dem süßen Klang der Geigen.
Wer aus Muscheln und Garnelen
zartes, weißes Fleisch mag schälen
find't mit Mühe und Geschick
ganz besond'res Gaumenglück.
Autsch! Der Meeresspinne Tücken
können in die Finger zwicken!
Soll des Krebses Panzer knacken
muss ihn eine Zange packen –
wird die nicht korrekt geführt
ist leicht ein Malheur passiert.

Müller speist mit mehr Vergnügen
Muscheln, die gehäufelt liegen,
und besonderen Genuss
bietet Fleisch vom Octopus.
Nicht vergessen bei der Chose
leckre Remouladensauce!
Und auch gute Mayonaise
steht bereit in dem Gefäße.
Ein, zwei Flaschen weißer Wein
wollen kühl genossen sein.
Uff! Mit sichtlichem Behagen
streicht sich Müller seinen Magen;
wohlgemut geht er zu Bett,
will verdauen all das Fett.
Ach, was plagen ihn für Träume,
führen ihn in Tiefsee-Räume,
Wo die Meeresungeheuer
mit Gestalten immer neuer
Wesen seine Sinne narren,
ihn zuletzt im Sand verscharren,
wo ihn, Schrecken ohne enden,
Würmer mit zehntausend Händen
in gehacktes Fleisch zerlegen,
ihn sodann zusammenfegen,
und zu oberst auf dem Hauf
Octopus tut sein Auge auf.
Krakenarme ihn umschlingen,
niemand kann sich dem entringen.
Krake drückt ihm in den Bauch
seinen Schlund wie einen Schlauch,
saugt ihn aus und spricht dann heiter:
„Nun, Genießer, lebe weiter!"

Taraniberaun

Im dunklen Raum stellt der Magier zwölf Kerzen im Kreis, dazwischen Schalen aus verschiedenen Metallen: Blei und Silber, Eisen und Zinn, Kupfer und Gold, darin Kornähren und Dornen, Münzen und Asche, Blüten und Blut. Ein Spiegel wölbt sich und höhlt sich, verzerrt mein Gesicht zu grotesk verschwimmenden Formen. In der Mitte des Kreises ein Becken mit Glut; schwer und süß duftet Räucherwerk. Der Magier ritzt meinen Finger, zählt zwölf Blutstropfen in die knöcherne Höhlung eines Krähenschädels. Den legt er ins Feuer: knisternd steigt weißer Qualm, sachte soll ich hinein blasen, zu tanzenden Schleiern verschlingt es sich, formt lesbare Zeichen: Hinauf! Was meint das Orakel? Soll ich empor zum höchsten Stockwerk dieses Gebäudes? Erwarten mich Ruhm und Reichtum? Oder soll ich Schneegipfel besteigen, Umschau halten ins Grenzenlose?

Der Magier entlässt mich. Benommen irre ich durch Straßen, aus denen Lampen und beleuchtete Fenster Dunkel vertreiben. Auslagen schreien; rote, blaue, grüne Lichter überall. Dröhnende und kreischende Apparate erschlagen die Stille. Fort hier, nur fort! Vorstädte, am Straßenrand ruhen Autos wie gespenstische Tiere. Endlich Felder; Bäume, Wächter der Zeit, gliedern den Weg. Stundenweit wandern, der Morgen graut.

Durch einen dunklen Wald gehe ich, suche etwas, ich weiß nicht was. Nichts ist greifbar, tastende Hände wandern im Leeren. Plötzlich ein Klang und eine Vision zugleich: Taraniberaun. Ohne Sinn und Bedeutung, der Klang allein ist da, führt mich, einen Steinwurf weit vor mir herschwebend, ein Wölkchen aus Rauch, aufwärts durch den Bergwald. Wohin? Immer der Klang: Taraniberaun. Mühen des Anstiegs spüre ich kaum, ich folge dem Klang: Taraniberaun. Schließlich eine steile Felswand, an ihr geht es auf einer schmalen Leiste weiter aufwärts, zur Oberkante. Von dort weiter Ausblick, über Baumkronen hinweg, ins Tiefgelegene: Felder, Wiesen, Dörfer, Straßen. Einsam ist es hier oben. Ich schwinge mich auf den Klang, schaue hinab auf das Land, dem ich verbunden bin durch

Blicke, zart und leicht zerreißbar wie Spinnwebfäden. Ich kreise in der Luft, kreise und kreise, getragen von dem Zauberwort: Taraniberaun.

Eine finstere Wolkenwand zieht rasch herauf, Windböen packen mich mit stählernen Klauen, wehen mich wie ein welkes Blatt in einen Höhleneingang, gelber, schmieriger Lehm, dann ein immer engerer, immer dunklerer Felsenspalt, Fledermäuse hängen an der Decke. Tiefer in die Höhle, hinter Tropfsteinvorhängen rötliches Licht, das sich spiegelt auf einem unterirdischen See. Grün und blau ruht die Flut. Durch die Stille ticken Wassertropfen. Ich bin zur krähengroßen Fledermaus geworden, fliege in Kreisen unruhig in dem Gewölbe, das weit ist wie eine Kathedrale - auf und nieder flattere ich, immer rundum, verloren ist der Eingang, nur ganz hoch oben scheint Tageslicht durch einen engen Schacht, unerreichbar. Tropfen in Wasser zerteilen die Zeit: tick - tick - tick. Feine Lagen getropften Steins erzählen von Zehntausenden von Jahren. Ich flattere im Kreis - noch ein Kreis, noch ein Kreis ...

Schließlich, erschöpft, lasse ich mich nieder auf der Kuppe eines hochgereckten Tropfsteinfingers. Ich breite die Flügel aus - Blubb! Ein Tropfen durchnäßt sie. Zu matt bin ich, das Wasser abzuschütteln, ergeben liege ich flach auf dem Stein. Kaum zuckt es mehr, das Opfertier. Blubb - der nächste Tropfen. Hingabe an Nässe, Kälte, Dunkel. Blubb! Nicht mehr bewegen, nur noch ausatmen. Die Haut der Flügelspitzen erstarrt im kristallisierenden Stein. Blubb! Kaum merklich die nächste Schicht Kalk. Noch einmal wandern die Gedanken zurück - warmes Kerzenlicht, liebe Stimmen... Blubb! Den nächsten Tropfen spürt es nicht mehr, das warme Innere ist umhüllt von einer Kruste aus Stein. Das letzte weiße Atemwölkchen schwebt empor durch das dunkle Felsgewölbe zum Licht. Taraniberaun.

Falter

Ein Falter hat in lauer Nacht
sich auf den Weg zum Mond gemacht.
Er schwärmte von den höh'ren Dingen
und hört nicht auf davon zu singen.
Die andren Wesen dachten: „Ach,
was der bloß hat? Uns wird ganz schwach
wenn sich die Luft um uns verdünnt.
Ja, ganz bestimmt, der Falter spinnt!"
Den Falter focht das wenig an,
zum Mond hin zog er seine Bahn.
Ganz trunken von der weiten Reise
beschrieb er wunderliche Kreise,
die zwar zu wenig mochten taugen –
doch waren's eben Pfauenaugen.
Am Ende sank er matt zurück,
da traf ihn ird'sches Mißgeschick:
Ein Vogel pickt ihn achtlos auf;
so endet mancher Lebenslauf.

Ein Falter welcher eben jetzt
sich an der Lampe hat verletzt
sagt taumelnd sich: „Es war doch schön
das höh're Wesen nah zu sehn!"

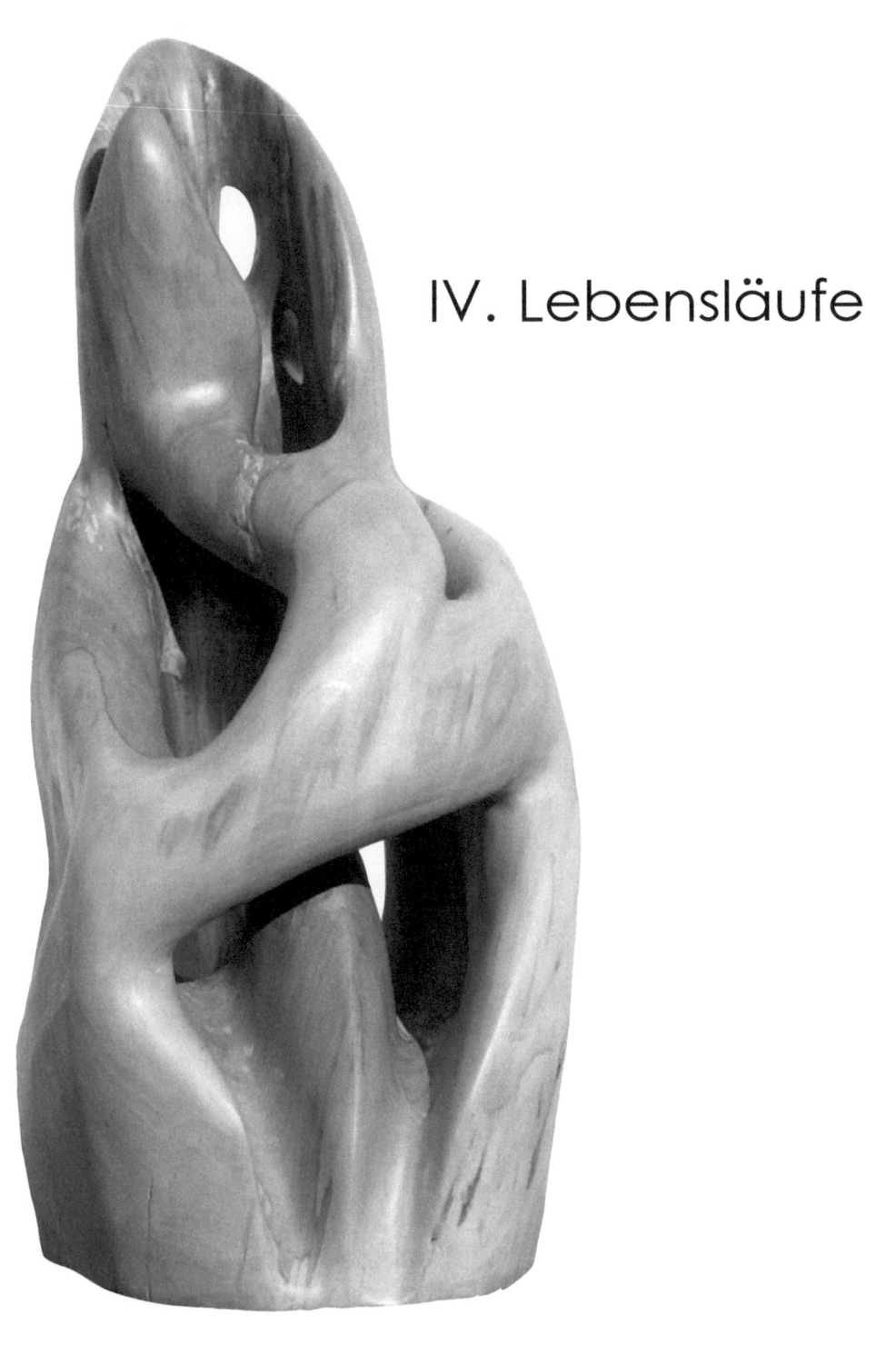

IV. Lebensläufe

Grundsätze

Beim Aufräumen einer Schublade fielen mir alte Briefe in die Hand. Ein ehemaliger Klassenkamerad hatte sie an eine Reihe seiner Bekannten geschickt. Ich blätterte und las:

„ Wenn ich heute sage, auf Euch und Euren Kindern möge der Segen der Erde ruhen, so wäre das noch vor einer Generation ein belächelter Gruß gewesen. Der spinnt, hätte man gesagt. Aber das spöttische Lächeln des modernen Zeitgeists fängt an, mühsam zu werden. Zwei Hektar Land für jede Familie machen alle Götter und heiligen Schriften der Welt überflüssig; und überflüssig wird auch, was alles daran hängt. Wer ein Stückchen Land selber kauft und für die Befriedigung seiner Grundbedürfnisse selber sorgt, ist mehr als ein Revolutionär, er ist ein neuer Mensch. Er schafft sich eine neue Welt und diese ihn, unauffällig und lautlos schaffen sie sich gegenseitig, mehr von innen als von außen, so wie natürliche Dinge wachsen sollen. "

Seinerzeit war er ein schmächtiger Junge gewesen, mit heller Haut und rötlich blondem Haar. Meist war er still, doch wenn er sprach, hörte man in seinem Hochdeutsch den plattdeutschen Hintergrund mit, und umso schärfer und deutlicher betonte er jedes einzelne Wort. Wir staunten alle, wie genau er in einem Aufsatz sein Dorf und dessen Menschen beschrieb: die großen Höfe, jeder ein gutes Stück abseits der gewundenen Kopfsteingepflasterten Straßen, umstanden von alten Eichen; die Felder hingebreitet zwischen kleinen Waldstücken und einzelnen Hecken, die über zusammengeworfenen Steinwällen wuchsen. Rang und Ansehen hoben wenige Großbauern heraus über Kleinlandwirte, die als Handwerker oder Arbeiter in der nahen Zementfabrik etwas dazuverdienten; und neuerdings die aus dem Osten hereingeschneiten Flüchtlinge – manche Alteingesessenen fanden es empörend, dass diese Habenichtse sich anmaßten, ihre Kinder auf's Gymnasium in die Stadt zu schicken.

Er war der jüngere Sohn einfacher Bauern von der Geest. Als ich ihn das erstemal besuchte, wohnten sie noch in dem jahrhundertealten, Reetgedeckten Niedersachsenhaus mit den grünen Balken und roten Ziegeln. Auf der einen Seite der großen, dunklen Diele standen die Kühe, auf der anderen grunzten die Schweine, der Torfrauch des offenen Herdfeuers zog dazwischen hin und suchte sich selbst irgendwo seinen Weg ins Freie. Hans führte mich durch Moor, Heide und Wald, er zeigte mir Hünengräber, und bei jedem Vogelruf wusste er, von welchem Vogel der kam.

In den Sommerferien unternahmen wir eine gemeinsame Radtour ins Weserbergland. Er beschaffte sich Reiseführer, bereitete die Tour genauestens vor, konnte dann unterwegs jedes historische Datum, Länge, Breite und Höhe aller bedeutenden Kirchen aus dem Gedächtnis hersagen und zeichnete nach der Natur, nach Ansichtskarten und Führern mit äußerster Sorgfalt jede Kleinigkeit an bemerkenswerten Häusern, Denkmälern und Brunnen.

Im nächsten Schuljahr trennten sich im Gymnasium unsere Wege: Er entschied sich für den naturwissenschaftlichen Zweig, ich für den sprachlichen. Wir sahen uns seltener, andere Freundschaften traten dazwischen. Nach dem Abitur ging er an eine Pädagogische Hochschule, ich studierte in Bonn und dachte kaum mehr an ihn – da stand er eines Tages Rat suchend in meiner Zimmertür.

In einer unendlich mühsamen Operation hatten die Ärzte eine seiner Nieren wieder zusammengeflickt. Der Wissenschaft verdankte er sein Leben – war es da nicht selbstverständliche Dankespflicht, all seine Geisteskraft fortan in ihren Dienst zu stellen? Er sprach so überzeugend, mit so messerscharfer Logik; alles, was er in der Pädagogischen Hochschule gelernt, erschien ihm als belanglose Zeitverschwendung. Nur Wissenschaft zählte noch für ihn, reine Erkenntnis.

Ich ging ins Ausland, er begann sein Medizinstudium. Nach zwei Jahren kehrte ich zurück, und wir saßen öfters abends beisammen. Die Studenten diskutierten die Gedanken der französischen Existentialisten, doch für deutsche Bürger galt Christlichkeit als Staatsideologie. Daheim in der Heide meinten viele, eine kleine Dorfkirche enthalte mehr Wahrheit als eine große, ferne, unbekannte Universität. Wem sollten, wem konnten wir glauben? Sein Physikum machte er mit Auszeichnung, seine Professoren hielten große Stücke auf ihn und prophezeiten ihm eine glänzende Laufbahn. Aber er dachte an andere Dinge. Dreißig Jahre später schrieb er:

„Ich werfe allen bisherigen Religionen vor, die Gräuel der Jahrtausende hingenommen zu haben… Die menschliche Misere wächst. Priesterschaften leben von der Misere. Und das bei einem völligen Fehlen einer gemeinsamen Sorge um die realen Grundlagen eines guten Geistes, deren erste und unentbehrlichste die Erde selbst ist. Sie könnte alle Priesterkasten brotlos machen und die parasitär Lebenden auf die Kraft ihrer Hände zurückverweisen. "

Philosophische und religiöse Gedanken bestimmen das Weltbild der Menschen. Wenn die Menschen um uns her falsch dachten, war es dann nicht unsere Pflicht, ihnen zu besserer Erkenntnis und mehr Einsicht zu verhelfen? Er musste Philosophie studieren – und wann wäre der Zeitpunkt für diesen Fakultätswechsel richtiger als jetzt, unmittelbar nach glänzend bestandenem Vorexamen?

Hans fuhr zu seinen Eltern. Sie hatten sich aufs Altenteil zurückgezogen, sein Bruder bewirtschaftete jetzt den Hof. Seine Schwestern waren verheiratet. Aber als mütterliches Erbteil war noch ein zweiter, verpachteter Hof da, davon konnte man ein paar Äcker verkaufen. Hans argumentierte unwiderstehlich, er erhielt das Geld, und er begann das Studium der Philosophie. Zu welchem Broterwerb das führen sollte? Vielleicht Redakteur, vielleicht Universitätslaufbahn, man würde ja sehen.

Er kam nach Freiburg, und nebenher verkehrte er in einem Arbeitskreis, der sich mit Funk- und Fernsehfragen befasste. Die Studenten dort sprachen über Literatur, Soziologie, Geschichte und Politik. Hans wählte Geschichte als Nebenfach. Das ging so etwa zwei Jahre lang, dann hätte er einen Professor um ein Thema für eine Seminararbeit bitten sollen. Doch er meinte, durch eine Arbeit über ein Thema eigener Wahl müsse er dem Professor erst zeigen, worauf er hinauswolle, und diese Arbeit könne gar nicht gut genug sein. Vergebens warnte ich, der Professor könnte andere Interessen haben, dann hätte Hans wertvolle Zeit verloren. Hans bewies mit unwiderlegbaren Gründen, weshalb er nur so vorgehen konnte wie er es wollte; er musste den Professor durch eine erstklassige Arbeit beeindrucken, das schuldete er seiner Selbstachtung. Aber diese Arbeit hatte er auch nach Jahresfrist noch nicht fertig.

Inzwischen hatte ich Examen gemacht und konnte mir einen Kleinwagen leisten. Als ich in den Ferien meine Mutter besuchte, fuhr ich zu Hans, der gerade bei seinen Eltern war.

Das alte Niedersachsenhaus hatte einer breiten neuen Straße weichen müssen. In dem modernen, nüchtern-zweckmäßigen Hofgebäude seines Bruders hatte Hans ein Zimmer. Auf kahler rauhverputzter Wand hatte er selbstgemachten Schmuck befestigt: aus schwarzem Draht gebogene abstrahierte Alpengipfel rechts, Säulen antiker Tempel links. Keine Vorhänge, keine Blumen. Auf einem Regal ein paar Bücher, sonst alles kahl.

Und wieder aus seinen späteren Briefen:

„Die Leute, welche den Straßenbau wirklich ernsthaft betreiben, haben ganz andere Interessen im Auge als die unsrigen. Wenn eine Straße gegen unseren Protest kommt, werden wir sie dem Filz von Macht, Geld und staatlicher Verwaltung verdanken, ein Filz, der in den kleinsten Gemeinden seine Außenposten hat. Man hat Freunde, im Kreis, im Bezirk, im Land, in diesem Gremium und in jenem, nützliche Freunde, die genügend Einfluss haben, sich erkenntlich zu zeigen. Eine Hand wäscht die andere. Das Denken staatlicher Organisationen geht stets über die Köpfe ganzer Bevölkerungen hinweg, es fasst zusammen, zieht Linien durch das Land, der Blick des Imperators geht ins Weite und achtet nicht das Nahe, das er unter seine Füße tritt. Die großen Machthaber waren immer auch große Straßenbauer... Straßen, auch die, die wir schon längst nicht mehr haben wollen, verdanken wir heute letztendlich uns selber, präziser gesagt dem Umstand, dass von uns geduldete Mehrheiten eher den Habitus von Gangstern als den von anständigen Menschen angenommen haben..."

Seine Mutter, freundlich wie immer, fragte mich, wann Hans denn nun wohl Examen machen würde. Ich wusste ihr keine Antwort.

Die finanzielle Unterstützung von daheim blieb aus. Hans sah sich genötigt, seinen Lebensunterhalt zu verdienen. Er hatte gerade eine belanglose Bürotätigkeit angenommen, da sagte ihm der Leiter jenes Funk-Arbeitskreises, der Südwestfunk suche einen Schulfunkredakteur, Hans' Kombination von naturwissenschaftlichen und philosophischen Interessen sei genau das Richtige, ein Examen brauche er nicht. Hans war am Schulfunk nicht interessiert. Er sagte, er habe sich einer Firma verpflichtet, nun müsse er sein Wort halten. Selbst wenn sie ihn verständnisvoll freigäben, sein Wort zu halten sei ihm oberstes Prinzip. Er schlug die Stelle beim Südwestfunk aus.

Hans war Frühaufsteher. In den Morgenstunden studierte er, danach tat er gewissenhaft seine Arbeit. Er lebte äußerst genügsam, und nach einem Jahr hatte er genug gespart, um wieder ganz für sein Studium lesen und schreiben zu können.

In der Uni-Bibliothek sah er eine Studentin, die ihm gefiel. Sie war eine rassige Erscheinung, vollschlank, brünett, mit auffällig rot lackierten Fingernägeln, elegant gekleidet. Hans verfolgte sie mit Blicken, kundschaftete ihren Namen aus, schrieb ihr Briefe, die sie empören und ihr doch gleichzeitig zeigen sollten, was für ein eigenwilliger, stolzer, seltener Mensch er war. Aber sie hielt ihn wohl nur für einen unmöglichen Spinner.

Von einer Wanderung über die Höhen des Schweizer Jura erzählte er, von Begegnungen mit Bauern und Holzfällern dort, von der Schönheit der romanischen Kunst im Kloster Val d'Orbe. Und im Jahr darauf berichtete er, wie er allein einige Gipfel im Kanton Uri erstiegen und Gemsen und seltene Pflanzen beobachtet hatte. Er hatte einen jüngeren Studienfreund in Freiburg, doch der verstarb bei einer falsch durchgeführten Operation. Über Jahre hinweg fuhr Hans die trauernden Eltern in Singen besuchen.

Als seine Ersparnisse zu Ende waren, arbeitete er eine Zeit lang als Korrektor bei einer Zeitung. Wieder bei Kasse, studierte er weiter – aber immer noch fühlte er sich nicht reif genug, einen Professor um ein Thema für eine Arbeit zu bitten. Was das für ein Thema sein sollte, wusste er selber noch nicht – er ließ es im Unklaren. Stets von neuem verschob er einen Abschluss in immer unbestimmtere Fernen.

Er las soziologische Schriften. War's Angelesenes, war's Eigenes, was er später schrieb?

„Zur Manipulierbarkeit der Massen: Wir neigen dazu, uns selbst davon auszunehmen. Und eben das ist die Pforte, durch die die Manipulation unserer selbst eintritt, freundlich lächelnd, kultiviert, charmant und gewinnend, ganz einig mit uns – gegen die anderen. Wir glauben sie zu haben, doch sie hat uns. Auf der Stufe geistiger Trägheit ist Manipulation das alle, einschließlich der Manipulateure, umfassende Medium, denn den Ausschlag gibt dort immer die Macht – selbst jedes höheren Bewusstseins bar, wie es ihre Natur ist. In unseren lichteren Momenten mag es sein, dass wir weniger bewusstlos gehorchen und lieber irgendeinem Zeitgeist folgen aus dem Sortiment für die gebildeten Stände. Aber das Ergebnis ist leider im wesentlichen dasselbe, wenn sich unser kritisches Vermögen bloß darin erschöpft, die teureren und feineren Konserven auszuwählen."

Er fand eine Freundin – ein farbloses, wortkarges, knochiges Mädchen. Sie hatte ein bißchen Geld. Zu ihren geschiedenen Eltern unterhielt sie keine Beziehungen mehr. Einige Monate währte das Verhältnis, dann trennten sie sich. Als Korrektor arbeitete er in Basel, dann studierte er wieder, dann war er wieder Korrektor in Stuttgart, bei der Kundenzeitung der Bäckerinnung. In immer längeren Zeitabständen besuchte er mich, stets im gleichen abgetragenen dünnen blauen Popelinemantel. Sein Haar war dünner geworden, das Gesicht schärfer, magerer, die Nase stand heraus wie der Schnabel eines Vogels. Immer ausschließlicher sprach er nur über Philosophie, alles Persönliche klammerte er aus. Aber nachdem er mehrmals unser Gast gewesen war, lud er eines Tages meine Frau und mich ein, ihn am Wochenende in Stuttgart zu besuchen. Wir fuhren hin, er quartierte uns ein in einer hübschen Pension am Hang mit weitem Blick über die Stadt. Miteinander gingen wir in die Staatsgalerie, ins Marionettentheater und ins Linden-Museum. Er erklärte uns die Stadt, und in Café und Restaurant waren wir seine Gäste. Als wir abends zu unserer Pension gingen, sahen wir auf einen Augenblick sein Zimmer: einen engen, dunklen Raum, Stapel von Büchern überall, neben dem Bett auf dem Tisch Berge von ungespültem Geschirr. Rasch lotste er uns wieder hinaus.

Zwei Jahre später schrieb er uns, seine alten Eltern seien jetzt so gebrechlich, er müsse sich in dem Dorf auf der Geest um sie kümmern. Die Pflege und die Versorgung des Haushalts würden ihm Zeit lassen, nebenher weiter philosophisch zu arbeiten. Und wirklich, abermals nach drei Jahren erhielt ich in seiner winzigen, gestochenen Blockschrift eine zehnseitige Abhandlung, in der er Kants Erkenntnistheorie widerlegte. Ich bin mit der Kant-Literatur nicht genügend vertraut, um die Bedeutung seiner Arbeit beurteilen zu können. Meinerseits schilderte ich ihm das Leben in einer süddeutschen Kleinstadt.

Dann hörte ich sieben Jahre lang nichts von ihm. Aber als ich wieder einmal in Norddeutschland war, sagte mir die Telefonauskunft, ja, ein Mann dieses Namens habe in jenem Dorf einen Anschluss. Ich rief an, Hans war überglücklich, zwei Tage später besuchte ich ihn.

Er öffnete mit vorgebundener Küchenschürze. Seine Augen strahlten, wäre er ein Hund gewesen, er wäre an mir hochgesprungen und hätte mein Gesicht geleckt. Er führte mich in die Küche, und während er ein Festmahl zubereitete, erzählte er: Vor zwei Jahren war sein Vater gestorben, die Pflege seiner neunundachtzigjährigen Mutter beanspruchte jetzt den größten Teil seiner Zeit. Zwischendurch hatte er bei Hamburger Firmen Büroarbeiten gemacht, er kenne sich da aus. Und in seiner Freizeit habe er seine Gedanken über ein sinnvolles alternatives Leben zu Papier gebracht: Kleine Gruppen von acht Personen müssten ein gemeinsames Stückchen Land bebauen, dann wären sie so weit unabhängig, dass ein kleiner Zuerwerb ihnen ein bescheidenes Dasein in Freiheit ermöglichen könne. Verzicht auf allen überflüssigen Schnickschnack moderner Zivilisation mache ihn glücklich, er übe sich in einem umweltverträglichen Leben, zu dem über kurz oder lang die ganze Menschheit werde zurückkehren müssen …

Wir erzählten noch lange. Sein Essen war gut, wir gingen spazieren am Wald und im Moor. Mit nur wenigen Menschen im Dorf konnte er sprechen, mit seinem Bruder verstand er sich nicht.

Als ich mich verabschiedete, lächelte er. Aber was wollte dieses Lächeln bedeuten? War's seine Freude, einen Zuhörer für seine Gedanken gefunden zu haben? War er im Einklang mit sich selbst? Ich fuhr davon, zurück in eine Welt, in der ich versuche, trotz seiner Kritik so gut wie möglich zu leben. Ich denke manchmal an ihn, hin- und hergerissen zwischen Bewunderung für die unbedingte Strenge seines Denkens und Mitgefühl für das Schattendasein, das er sich erwählte. Aber vielleicht ist doch seine stolze Einsamkeit ein besseres Leben als mein Beruf, der mich im Alltag zu tausend Zugeständnissen nötigt.

Einige Monate später erhielt ich jene Briefe, in denen es heißt:

„Staatliche Gesetze sind die Ordnung einer Gangsterbande. Moralische Entscheidungen müssen selbstverständliche Entscheidungen sein, sonst sind sie nicht viel wert. Sie sind, über das richtige Milieu, gewissermaßen machbar, während sie unter den Bedingungen staatlicher Organisation und mit den Mitteln staatlicher Administration allenfalls erzwingbar sind. Und auf erzwungene Entscheidungen ist kein Verlass. Außerdem wirkt, was man durch Zwang korrigiert, als Gegenkraft fort, seine zerstörerische Energie geht nicht verloren. Der Teufel hat diesbezüglich immer ganz beruhigt sein können …

Ich erkläre mich als zur staatenbildenden Spezies Mensch (Homo politicus) geistig nicht mehr zugehörig … Wirklich Mensch aber ist nicht der, bei dem es zur „erfolgreichen Integration" nicht ganz langt, sondern der, welcher sich bewusst mit dieser durchwegs verkommenen Gattung nicht länger arrangieren kann und mag. Die pervertierte Spezies wird am Menschen scheitern, nicht der Mensch an ihr …"

Ich wagte es, seine Gedanken zu kritisieren, schrieb in der Hoffnung auf eine faire Diskussion der mir allzu gewagt erscheinenden Sätze. Ich bekam keine Antwort.

Einige Jahre danach erreichte mich eine Anzeige vom Tod seiner Mutter. Auf meine Kondolenzkarte reagierte er nicht. Als ich nach einiger Zeit bei seinem Bruder anrief, hieß es, er sei nach Stuttgart verzogen. Ob er irgendwo eine Stelle als Korrektor gefunden hat, um eine kleine Altersrente zu verdienen? Noch einmal schrieb ich, doch eine Antwort erhielt ich nie.

Schalttafel

Harry hatte rote Haare. Wie kleine krause Röllchen lagen sie dicht um seinen schmalen, langen Kopf. Straff überspannte die sommersprossige Haut sein mageres Gesicht, seine scharf modellierten Knochen, jeder Muskel war deutlich erkennbar. Sein Blick war seltsam verhangen, als richte er sich nach innen. Wenn er redete, tat er es im Tonfall der Leute von der Unterelbe – das klang, als knarrten Taue und Holz in der Takelage eines alten Schiffes.

Die Lehrer mochten noch so engagiert versuchen, uns die Geschichte unserer alten Hansestadt, Storms Schimmelreiter oder Cäsars Gallischen Krieg nahezubringen – Harry interessierte das nicht. Sein Blick richtete sich unter seine Bank, und er zeichnete – Widerstände, Rückkoppelungen, Stromkreise, Röhren. Wie viele Radios mochte er schon mit fünfzehn Jahren gebaut haben?

Mit einem kleinen Kramladen in dem Dorf hinterm Elbdeich hatten seine Eltern ihr Auskommen. Sobald Harry aus der Schule kam, verschwand er in seinem Dachzimmer, und Ätherwellen entrückten ihn in die Ferne. Fachkundig kaufte er das richtige Material, und auf Bestellung verkaufte er Apparate, die die höchsten Ansprüche seiner Kunden befriedigten. Von dem Erlös erwarb er ein Mofa – sein Hobby verlangte Zeit, er musste die achtzehn Kilometer Schulweg schneller bewältigen als mit dem Bus.

Einmal machten wir eine Klassenfahrt, durch die Lüneburger Heide ins Weserbergland, mehr als zweihundertfünfzig Kilometer hin und zurück. Keiner hatte damals Geld, auf den Straßen war noch wenig Verkehr, also warum nicht mit dem Fahrrad? Der Klassenlehrer wollte seine Siebzehnjährigen erziehen – zu Kameradschaft, die aus gemeinsamer körperlicher Anstrengung erwächst. Schon Wochen im voraus trainierte der Lehrer heimlich, zufällig beobachtete ihn einer von uns.

Harry interessierte sich nicht für Kameradschaft. In den Pausen stand er abseits, nur wer ihn über seine neuesten Schaltpläne befragte, konnte ihn in ein Gespräch ziehen.

Weshalb sollte er sich abmühen und in die Pedale treten, wo doch die Technik des Mofas das Leben so merklich erleichtern konnte? Der Klassenlehrer redete ihm zu wie einem störrischen Esel, wurde energisch, fordernd – es half nichts, Harry bestand darauf, mit seinem Mofa zu fahren. Am Abend in der ersten Jugendherberge versuchte der Lehrer, Harry nach Hause zu schicken. Als wir zur zweiten Jugendherberge kamen, saß Harry rauchend neben der Haustür.

Während der restlichen Fahrt strafte der Lehrer Harry mit Nichtachtung. Wieder daheim, sorgte er dafür, dass Harry die Schule verlassen musste – wegen Nichtbefolgung einer strengen Anweisung. Harry fuhr zur nächstgelegenen Radiofabrik. Sachkundig sprach er mit den Leuten im Konstruktionsbüro, überzeugte durch fachliches Wissen. Man stellte ihn ein und bezahlte ihn gut. Seine Arbeitslektüre war genau das, was ihn interessierte, und was er entwickelte, interessierte die Firma. Als er zweiundzwanzig war, zahlten sie ihm einen Kurs an einer Fachhochschule. Harry fand ein möbliertes Zimmer in einem Mietshaus, und neben ihm wohnte eine Studentin. Harry grüßte, sie grüßte freundlich zurück. Er beantwortete ihre Fragen nach seinem Woher und Wohin, und sie erzählte von sich. Ein paar Tage später sagte er in einem seltsamen Anfall von Redseligkeit, er wolle am Abend ins Kino gehen – im Capitol laufe ein interessanter Science-Fiction Film. Richtig überrascht war er, dass sie das als Einladung auffasste und mitgehen wollte, aber es störte ihn nicht.

Nach dem Kino wollte sie noch ein wenig frische Luft schnappen, und ihr erweiterter Heimweg führte an einem Kinderspielplatz vorbei. Erst setzten sie sich auf eine Wippe, und dann begann sie, auf einer Schaukel durch die Luft zu sausen, auf und nieder, vor und zurück, und wie von selbst löste sich ihr langes blondes Haar. Harry hatte keinerlei Erfahrung mit Frauen und Mädchen, doch er war nicht aus Stein. Er setzte sich seinerseits auf die Schaukel, sie rittlings auf seinen Schoß, die eisernen Ketten knarrten und quietschten, und er spürte ihren Atem auf seinem Gesicht. Abgelöst von den Ordnungen ihrer Familien, preisgegeben den Einsamkeiten ihrer möblierten Zimmer, schliefen sie dieselbe Nacht noch miteinander. Nach ein paar Monaten erwartete sie ein Kind. Harry war nicht sonderlich darüber erfreut – seine Gedanken verharrten weiterhin bei den Schaltbildern seiner Funkempfänger, die Liebesfreuden bedeuteten ihm nicht mehr als eine nächtliche Annehmlichkeit. Aber er ließ sich schließlich zum Standesamt führen.

Uschi hatte gehofft, Harry zum braven Ernährer ihrer Familie erziehen zu können. Sie täuschte sich: Sein kleines Töchterchen sah er kaum an, ihr Schreien störte ihn, und wenn er las, wollte er von niemand angesprochen werden, nicht von Uschi und nicht von der Kleinen. Bald verbrachte er die Abende im Konstruktionsbüro. Nach zwei Jahren hatte er ein Patent, nach drei weiteren Jahren veröffentlichte er ein Fachbuch. Von seinen Eltern erbte er etwas Geld, von einer Tante einen großen Obstgarten mit einem kleinen Gartenhaus. In den Garten ließ Uschi ein schönes neues Haus bauen – aber auch das sah Harry kaum an. Da brachte Uschi das Kind zu ihren Eltern, fuhr allein in den Urlaub und kehrte mit einem Freund zurück.

Harrys Gedanken kreisten um eine ganz neuartige technische Entwicklung. Darauf wollte er sich konzentrieren, alles andere war ihm gleichgültig. Er sträubte sich nicht gegen die Scheidung. Uschis Anwalt konnte durchsetzen, dass Harry für sie und das Kind eine hohe Unterhaltssumme zahlen musste – eine so hohe, dass Harry in nervöse Gereiztheit verfiel. In dieser Stimmung verlangte er von seiner Firma eine Gehaltserhöhung. Sie wurde ihm verweigert, und Harry, der sich in seinem Wert unterschätzt fühlte, kündigte zornig. Um Uschis Forderungen zu befriedigen, wurde das schöne neue Haus versteigert, und der größte Teil des Gartens dazu.

Bei einem Klassentreffen sah ich Harry wieder. Bitter stieß er hervor, wie kümmerlich er lebte, im Gartenhaus, von den Erträgnissen seines Patents und seines ersten Buches – er arbeitete an einem zweiten. Sein enganliegendes, gekräuseltes, vormals rotes Haar wirkte wie eine säuberliche Anordnung kleiner Kupferdrahtröllchen – lauter Spulen und Widerstände, Schaltstellen und Röhren. Fast meinte ich, bald hier, bald da ein mattes Aufglimmen zu sehen. Für menschliche Stimmen kaum mehr erreichbar, war sein ergrauter Kopf zu einem Radioapparat geworden – wer ihn ansprechen wollte, musste sich wohl oder übel in eine Ätherwelle verwandeln. Und es war, als umgebe seinen Kopf ein böses elektrisches Knistern und Summen.

Fleisch

Nach einer Besprechung an der Uni in Bochum schlenderte ich durch die Fußgängerzone. Das Ruhrgebiet ist mir fremd – ich ließ mich treiben im Strom der Menschen. Eine Metzgerei lockte mit appetitlichen Auslagen. In einem Bett rosig schimmernder Wurstscheiben räkelte sich ein knuspriges Spanferkelchen; sein Gesicht lächelte, als freue es sich darauf, dass sein saftiger Schinken sogleich vom scharfen Messer angeschnitten werde. Welche Lust müsste das sein! Mir lief das Wasser im Munde zusammen. Da griffen zwei bloße Frauenarme zwischen die roten Fleischstücke, mein Blick folgte ihnen aufwärts zu runden Schultern, zu einem frischen, vollen Gesicht – durch die Scheibe nickte eine junge Frau mir freundlich-vertraut zu. Das war doch nicht möglich – und doch, wirklich, es war Rita, eine frühere Klassenkameradin meiner Tochter. Über Jahre hinweg war sie zu uns ins Haus gekommen, oft unser Gast gewesen, fast ein Kind unserer Familie.

Rita war eine lebenslustige Gymnasiastin gewesen. Rosig die Haut, üppig die Formen, lang und blond das Haar. Früh entwickelt, stellte sie ihre Reize im Schülertheater zur Schau. Sie spielte eine Frau, die mit lässiger Gebärde auf das Leben an der Seite eines Arztes verzichtet, ihm nicht zur Last fallen will und entsagend ins Zwielicht einer unheilschwangeren Zukunft tritt. Rita spielte hervorragend – als Zuschauer konnte man glauben, sie sei selbst jene Frau, lebensfroh und doch mit tragischem Hintergrund, mondän und doch sich selbst halb zurücknehmend im Verzicht.

Leicht hätte sie im Gymnasium Lob oder Preise gewinnen können, gescheit war sie – doch das interessierte sie nicht. Sie fand gesellschaftliche Anlässe, viele schöne Kleider auszuführen. Als sie sechzehn war, behaupteten ihre Klassenkameradinnen, sie verfüge bereits über viele Erfahrungen. Mit siebzehn musste sie eine Klasse wiederholen – für ihre Eltern war das die Schuld schlimmer Mitschülerinnen und böswilliger Lehrer. Ihre Eltern arbeiteten angespannt in ihrem Geschäft – vom Privatleben ihrer Tochter bemerkten sie lange nichts. Ihr Vater mischte mit in der Kommunalpolitik. Und eines Tages roch er, dass seine Tochter da in seinem Hause ein allzu lustiges Leben führte.

Für den konservativen Geschäftsmann konnte das so nicht weitergehen. Er schickte Rita auf eine teure Internatsschule – er hoffte, sie werde dort die richtige Erziehung erhalten. Zwei Jahre später, nach ihrem Abitur, fuhr er mit ihr in ein Nobel-Hotel an der Adria, verwöhnte sie, war stolz auf seine begehrte blonde Tochter. Sie sollte Jura studieren, um das väterliche Vermögen professionell zu verwalten.

Rita fand wenig Geschmack an juristischen Vorlesungen und Seminaren. Für Klausuren lernen, trockene Stunden beim Repetitor, wenn draußen der Frühling und das Freibad lockten – nein, das war nichts für sie. Was sollte sie anfangen mit Kommilitonen, die schon in jungen Semestern nur an eine spätere Karriere dachten? Aber es gab ja auch andere, die an der Uni, endlich frei von jeglicher Aufsicht, ein lustiges Studentenleben genossen. Warme Sommerabende waren gemacht für Tanzfeste, an denen ein hübsches Mädchen wertvollen Schmuck auf rosiger Haut leuchten lassen konnte, für erfrischende Getränke, Scherze und Plaudereien, Spiele mit Worten, Farben und Formen, Schönheit, Bewegung, fröhlichen Leichtsinn. Und selbstverständlich fanden sich Bewunderer für solch jugendlichen Glanz, junge Männer, die ebenfalls lustige Tage genossen, bezahlt von vermögenden Eltern – und wenn vielleicht nicht, nun, dann half Rita schon mal finanziell aus der Patsche.

Rita lernte einen jungen Mann kennen, dessen leidenschaftliche Lebenslust sie faszinierte. Lang flatterten im Wind seine dunkelbraunen Haare, die er schwungvoll über die Schultern warf; zierlich seine Gestalt mit den schmalen Hüften, nur selten ließ seine verspiegelte Sonnenbrille sein Gesicht mehr ahnen als sehen. An seinen gepflegten Händen mit den langen Fingernägeln glänzten mehrere auffällige Ringe. Rita fühlte sich prickelnd gefesselt, wenn er sie kurz streichelte und sich dann wieder für Stunden in seine rätselhaft-undurchschaubare Welt zurückzog. Er hielt sie im Arm wie einen Besitz, den er achtlos jederzeit fahren lassen konnte; umso mehr wollte sie diesen Freund wie einen Schatz hüten und verwöhnen. Zwar war seine Herkunft unklar und sein Lebenswandel zweifelhaft; aber sie hielt an ihm fest. Ihr Vater beschwor sie, von diesem Mann zu lassen; da fuhren die jungen Leute im Sportwagen vor das teuerste Hotel ihrer Heimatstadt, verbrachten dort mehrere Nächte. Ihr Vater warnte sie eindringlich; gerade ihm zum Trotz brach sie mit ihren Eltern, heiratete den Mann.

Der pachtete ein Gasthaus. Er brauchte einen Kredit – Rita unterschrieb für ihn eine Bürgschaft; würde sie nicht später die einzige Erbin eines beträchtlichen Vermögens? Bald gab es Schwierigkeiten. Das Gasthaus ging schlecht. Wegen dunkler Geschäfte – man munkelte etwas von Rauschgift – kam ihr Mann vor Gericht, und es stellte sich heraus, dass er vorbestraft war. Er wurde zu einer langen Haftstrafe verurteilt. Man sprach davon in der kleinen Stadt.

Rita wollte sich nicht geschlagen geben, aber ihr Vater drehte den Geldhahn zu. Sie musste bescheiden leben, ohne rauschende Feste, ohne den flotten Freund; die Liebesfreuden der Jugend schienen hinter Gefängnismauern entschwunden. Sie verlangte nach ihm, doch der Strafvollzug blieb unerbittlich. Ein paar Monate hielt sie das aus, dann hörte sie auf ihre Eltern, suchte einen neuen Anfang. Sie ließ sich scheiden und verlor viel Geld, aber ihr Vater finanzierte ihr eine Rückkehr an die Fleischtöpfe des geordneten Lebens. Natürlich fühlte sie sich unbehaglich, wenn er sie anschaute. Für ihr Studium tat sie das Nötigste, lieber besuchte sie Aufführungen einer Studentenbühne. Konnte sie dort mitspielen? Die Schauspieler hätten sie gerne genommen, aber ihr Vater drängte auf Erfolge im Studium. Ihre Zeit wurde knapp. Sie bewältigte mit Ach und Krach einige Klausuren. Dann floh sie möglichst rasch an einen Sonnenstrand Spaniens.

Meine Tochter traf Ritas Mutter, fragte nach ihrer einstigen Klassenkameradin. Die Mutter antwortete mürrisch – nur selten kam eine Postkarte. Dann hatte Ritas Mutter Monate nichts mehr von ihrer Tochter gehört. Es war Winter geworden, die Eltern wussten nicht, wo Rita geblieben war. Völlig unvermittelt erhielten sie eine Heiratsanzeige. Metzgermeister Rudolf Schmalz und seine Ehefrau Rita geb. Lustig… Ein paar Monate später teilten die jungen Leute die Geburt eines gesunden Jungen mit. Rita erlaubte ihren Eltern, sie im Ruhrgebiet zu besuchen, und die waren angetan von der jungen Familie und der wirtschaftlich soliden Metzgerei. Die gehörte Ritas Schwiegereltern.

Rita erzählte: widerwillig hatte sie Kurse genommen in Buchführung, sie erledigte den Bürokram; aber voller Begeisterung ließ sie Girlanden von Würsten und Platten mit leckeren Häppchen im Schaufenster zu den schönsten Formen erblühen. Sie packte im Laden mit zu, ließ Rinderkeulen und Schweineschinken schwingen wie Glocken im Geläute des Fleisches, und mit kräftigen bloßen Armen nahm sie pralle Mortadella, Speckseiten und rote Filetstücke von den Haken. Zärtlich streichelte sie den halbierten Kalbskopf, um den sich die zierlichen Gürkchen rankten. Munter schwatzte sie mit der Kundschaft, untermalte mit blumigen Worten die Schönheit der appetitlichen Auslagen.

Ja, sagte Rita, ihr Traum sei es früher nicht gewesen, im Metzgerladen hinter der Fleischtheke zu stehen. Aber die Arbeit mache ihr Freude. Mit einem großen, scharfen Messer schnitt sie Scheiben von einer saftigen Rinderkeule. Und sie erzählte dabei vom Urlaub am spanischen Strand, da hatte ihr Körper geglüht in der Sonne. In Gedanken sah ich sie, eine von vielen tausend Touristen: rot leuchtend wie üppige, sinnliche Polster. Ihre Haut hatte verlangt, kühlendes anderes Fleisch zu berühren. Sie hatte einen guten Partner gefunden. Er hatte sie heimführen können an einen Ort, wo sie jetzt glücklich lebte.

Rita musste Kunden bedienen. „Warten Sie einen Augenblick!" sagte sie. Kaum war sie frei, richtete sie einen riesigen Berg von Wurst-Aufschnitt, Schweine-Haxen und geräuchertem Speck. „Lassen Sie sich's gut schmecken, und grüßen Sie Ihre Familie!" Ein üppiges und unerwartetes Geschenk, von dem ich nicht wusste, wie ich es verzehren sollte. Rita strahlte. „Ja, ziemlich abwechslungsreich war meine Kindheit und Jugend – aber schließlich – Schwein muss der Mensch haben!" Sie lachte und verabschiedete mich.

Im Gehen fragte ich mich, ob Ritas Glück dauern würde – hatte sie nicht früher andere Welten kennengelernt? Aber Empfindungen der Sinne sind ja oft stärker als blasse Gedanken...

Ein alter Mann

Er kam auf dem Weg zwischen den Hecken direkt auf mich zu. Von weitem schon hatte er gesehen, wie ich da auf der einsamen Bank mitten auf dem Spielplatz saß und von ferne zuschaute, wie meine Enkel kletterten, schaukelten und wippten. Der alte Mann machte kurze, etwas zitterige Schritte; er trug einen blauen, leicht abgewetzten Mantel, der locker um seine kleine, gebrechliche Gestalt schlotterte. Geradewegs auf mich zu kam er, setzte sich zu mir wie zu einem alten Bekannten.

„Na ja, Sie sind ja wohl auch so ungefähr in meinem Alter," meinte er in einem östlich gefärbten Tonfall.

„Ganz wohl noch nicht", erwiderte ich. „Welcher Jahrgang sind Sie denn?"

„1917. Und da hab ich schon einiges erlebt".

„Ich glaub's. Ich höre, dass Sie aus dem Osten kommen. Woher denn genauer?"

„Aus Russland. Nicht weit vom Kaspischen Meer."

„Ganz so weit her komm ich nicht", sagte ich, jetzt auch im Tonfall meiner Heimat. „Aus der Gegend um die Stadt, die sie heute Kaliningrad nennen. Aber jetzt lebe ich schon lange hier. Seit wann wohnen Sie in Villingen?"

„1990. – Ja ja, der Krieg. Ich hab lange mitgekämpft. In Finnland war's am schlimmsten, die große Kälte im Winter. Aber ich bin immer durchgekommen, hab nie was abgekriegt, keine Verletzung."

„Und jetzt wohnen Sie hier?"

„Ja, da drüben im Seniorenheim."

„Haben Sie da Leute, mit denen Sie sprechen können?"

„Nein, meine erste Frau starb schon vor langer Zeit in Russland, die zweite hier vor zehn Jahren. Und mein Sohn ist ein schlimmer Kerl."

Meine Enkel kamen herbeigesprungen, wollten wissen, wie lange es noch dauern würde, bis ihre Mutter vom Arzt zurückkäme. Natürlich wusste ich das nicht. Der alte Mann kramte umständlich aus seiner Jackentasche ein paar Pfefferminzdrops hervor und bot sie den Kindern an. Die nahmen sie gerne, dankten und rannten hinüber zur Rutsche.

„Was ist denn so schlimm mit ihrem Sohn?"

„Ach, hier in Deutschland, da ist ja alles viel zu gut. Lieber hier in Deutschland fünf Jahre Gefängnis als in Russland nur eines. Hier, da ist Gefängnis ja wie eine Erholung."

Woher wusste er das? War er drin gewesen oder sein Sohn? Ich fragte: „Was hat Ihr Sohn denn gemacht?"

„Er hat mich vorn an der Weste gepackt, hat mir ein Messer vors Gesicht gehalten und geschrien, jetzt schneid ich dir den Hals ab. Ich hab noch grad die Polizei rufen können."

Zwar konnte ich mir kaum vorstellen, wie das möglich gewesen sein sollte; aber wichtiger war: „Warum denn hat Ihr Sohn das getan?"

„Das weiß Gott allein."

Hätte ich mit weiteren Fragen in ihn dringen sollen? Ich versuchte es noch zwei, drei mal, erhielt aber stets die gleiche Antwort: „Das weiß Gott allein!" Statt dessen erzählte er umständlich: Auch in Russland war der Sohn schon schlecht gewesen. Der Alte hatte dort als Traktorist gearbeitet; im Keller seines Hauses am Kaukasus hatte er ein Fass Wein gehabt. Daraus hatte der Sohn immer wieder was in eine Milchkanne abgefüllt, mit einem Schlauch, mitgenommen hatte er's zu seinen Freunden. Die Mutter hatte es ihm verwehren wollen; da hatte er der Mutter die warmen Filzschuhe weggenommen, die alte Frau musste bei starkem Frost in Gummistiefeln gehen, erfror sich die Füße und holte sich den Tod.

„Und was macht Ihr Sohn jetzt hier?"

„Als Elektriker arbeitet er. Er wohnt in der Wöschhalde, eine halbe Stunde von hier. Aber er kommt nie nach mir sehen".

„Hat Ihr Sohn eine Frau oder Kinder?"

„Ja, aber die gehn ihre eigenen Wege, nach mir schaun die nie."

„Warum denn nicht?"

„Das weiß Gott allein."

Ich fragte ihn, ob er manchmal lese. Ja, ein paar Schriften von Martin Luther. Und seine alte Bibel hatte er schon ein paar mal gelesen, die sei schon vor vierhundert Jahren gedruckt.

„So eine alte Bibel ist ein sehr wertvolles Buch!"

Ja, das wusste er, und er las immer wieder darin.

Er schwieg ein Weilchen, schaute klar aus seinen großen, blauen Augen in dem kleinen, faltigen Gesicht. Er rutschte auf der Bank hin und her, dann setzte er neu an:

„Gesund bin ich ja noch, habe noch nie einen Arzt gebraucht. Jeden Tag mache ich einen Spaziergang. Einkaufen und meinen Haushalt erledigen kann ich auch noch. Und meine Rente von 907 Euro – ja was soll ich denn nur machen mit all dem Geld? Das kann ich ja gar nicht alles verbrauchen. Meinen Enkeln nachrennen will ich nicht. Wenn man stirbt, kann man's nicht mitnehmen. Aber ab und zu treffe ich irgendwelche Kinder, dann schenke ich denen was."

Ich fragte, ob er nicht manchmal ein Gläschen Wein trinke, oder ob er mal ins Kino oder ins Theater gehe. Nein, trinken mochte er gar nichts, und das andere sei auch nichts für ihn. Damit stand er auf, und auch ich erhob mich. Er bat mich, meine Enkel zu rufen, und die kamen auch. Er zog einen zwanzig-Euro-Schein heraus und hielt ihn den zwei kleinen Mädchen hin, und noch einen fünf-Euro Schein für den dreijährigen Jungen. Aber die Kinder waren scheu; sie sagten, sie hätten genug, sie brauchten es nicht.

Er sah ein bißchen traurig aus. Na ja, sagte er, dann werde ich mal da rüber gehen und meine Rente abholen.

Die Kinder spielten weiter, und nach einiger Zeit kam meine Tochter vom Arzt. Gerade als wir den Spielplatz verlassen wollten, kehrte der alte Mann zurück. Ja, sagte er, das sei doch seltsam – diesmal habe er nur fünfhunderzwanzig Euro Rente erhalten. Ich beschwichtigte ihn – vielleicht war beim letzten mal eine Nachzahlung dabei; wahrscheinlich werde es so seine Richtigkeit haben.

Wir verabschiedeten uns freundlich und gingen – wir hatten noch anderes zu erledigen. Aber seither frage ich mich immer wieder, ob ich nicht in dem Seniorenheim nach ihm fragen soll. Sicher braucht er menschliche Ansprache – aber habe ich nicht genug damit zu tun, mein eigenes Leben zu führen?

Besuch in der Vergangenheit

Reisegruppe im Restaurant. An unserem Vierertisch sind noch zwei Plätze frei. „Darf ich mich zu Ihnen setzen?" Vor uns steht ein Mann wie ein Bär, sicher einen Kopf größer als ich, kräftig gebaut.

„Bitte gern." Der Druck seiner Pranke umspannt meine Hand wie ein Schraubstock. Umständlich setzt er sich. Schon während der Busfahrt und bei der Zimmerverteilung war mir sein kantiges Gesicht aufgefallen, jeder Gesichtsmuskel durch tiefe Falten herauspräpariert. Schütteres graues Haar, hellblaue Augen, Oberlippenbart – er mochte etwa um die sechzig sein.

Wir waren an der Samlandküste, eine Fahrtstunde nördlich vom früheren Königsberg. Die Namen aller Reisenden waren vorgelesen worden, und da mein Name unverkennbar meine Herkunft aus jener Gegend verrät, hatte er sich zu uns gesetzt. Langsam sprach er, ein bißchen schwerfällig, aber entschieden und klar, der Tonfall leicht ostpreußisch gefärbt. Er stammte aus einem Dorf ganz nah bei unserem Aufenthaltsort. Ja, sein Dorf! Nur etwa hundertfünfzig Menschen hatten dort gelebt, aber eine der ältesten Kirchen des Samlandes hatte dort gestanden, meterdicke Mauern aus Feldsteinen, zur Abwehr gegen die heidnischen Pruzzen, vor etwa siebenhundert Jahren erbaut. Eine alte Legende behauptete, das Feldkreuz, der Ursprung der Kirche, sei anfangs eine Wegstunde entfernt errichtet worden, aber auf unerklärliche Weise immer wieder an diesen Ort gewandert, bis man dort schließlich die Kirche errichtete. Daher auch der Name: Heiligencreutz. An einem der nächsten Tage wollte er ein Taxi mieten und hinfahren.

Immer wieder unterbrach er sich beim Essen, um umständlich zu erzählen. Lange ist' s hell dort am Abend, wir wollten noch einen Spaziergang am Meer zum benachbarten Badeort Rauschen machen, er fragte, ob er uns begleiten dürfe. Aber gewiss doch! Bewaldete Steilküste, runde Felsblöcke unten am Sandstrand, Kindheitserinnerungen, seine und meine. Wieviel ist hier nach fünfzig russischen Jahren noch aus deutscher Zeit erhalten, wenn auch verfallen! Und wo dazwischen Plattenbauten entstanden, wie brutal, ohne Sinn für sauberes Handwerk; Denkmäler mit falschem Heldenpathos des sozialistischen Realismus. Nebenbei erfahren wir, dass er Schlosser gelernt hat und Industriemeister gewesen ist, jetzt in Frührente.

Am nächsten Tag Stadtrundfahrt durch das frühere Königsberg, nachmittags zeige ich meiner Frau die Straßen meiner Kindheit. Für sie ist' s eine fremdartige russische Stadt, mir dreht der Vergleich mit den alten Bildern, die ich in mir trage, fast das Innerste nach außen. Wer Ähnliches erlebte, kann eine solche Wiederbegegnung nach fünfzig Jahren besser mitfühlen.

Am Abend darauf kommt unser Reisegefährte verspätet zum Essen.

Aufgewühlt erzählt er vom Besuch in seinem Dorf. Von der Kirche nichts mehr, nicht einmal ein Trümmerhaufen. Auf dem Friedhof keine Grabplatte – auf der Suche nach wertvollen Beigaben für die Toten haben die Russen alles durchwühlt, alle Steine als Baumaterial abtransportiert. Der kräftige Mann wischt sich die Augenwinkel.

Aber das Haus seiner Eltern steht, und in einem wie guten Zustand!

Sein Taxifahrer hat für ihn gedolmetscht, und überschwänglich herzlich wurde er aufgenommen, alles wurde ihm gezeigt. Der früher offene Treppenaufgang ummauert, im Erdgeschoss eine neue Heizung, der alte, von seinem Vater gebaute Kachelofen sorgfältig ins Dach umgesetzt. Alles so sauber, so ordentlich, es könnte nicht besser sein. Seine Mutter war Posthalterin gewesen – nur geringfügig verändert, was damals die Poststube war. Wieder wischt er die Augen. Wie freundlich hatten ihm die jetzigen Bewohner Brot, Salz und Wodka angeboten! Vor Rührung fällt es ihm schwer, weiterzusprechen.

Nach und nach erzählt er, was er bei Kriegsende erlebte. Während sein Vater in englischer Gefangenschaft war, gelang es seiner Mutter nicht, mit ihren fünf Kindern zu fliehen. Alle Schrecken des Einmarsches der Roten Armee erlebte der damals Zehnjährige mit – die schlimme Vergeltung für die schrecklichen Taten von Deutschen während des Krieges in Russland. Einem Mann, auf dessen Dachboden eine deutsche Fahne gefunden wurde, wurde das Fleisch des Rückens in Form eines Hakenkreuzes herausgeschnitten. Männer mussten an Türpfosten gefesselt mit ansehen, wie ihre Frauen vor den Augen der Kinder mehrfach vergewaltigt wurden, Folter, Mißhandlungen, Morde. Dann Ernährung durch russisches Militär. Dann andere Einheiten, die geerntetes Korn verbrannten und die Deutschen hungern ließen – wer konnte, fischte Rübenschalen aus dem Kot, wusch sie so gut er konnte und kochte sie, schlachtete und verzehrte Hunde und allerlei, was man sonst nicht isst. Als Ältester versuchte er, für seine Geschwister Brot zu stehlen, wurde erwischt und bewusstlos geprügelt. Am schlimmsten ein Deutscher, der, einst verachtet, sich unter den Russen eine Machtposition erschmeichelt hatte. Dann, 1947, die Erlösung – die Ausweisung nach Deutschland, erst in die brandenburgische Altmark, später zu seinem inzwischen heimgekehrten Vater nach Köln.

Immer wieder stockend hatte er das alles erzählt, aufgewühlt von den schrecklichen Erinnerungen. Am Abend wollte er allein sein.

Während der nächsten Tage machte die Reisegruppe Ausflüge in die weitere Umgebung. Unser Bekannter flirtete ein wenig mit der russischen Reiseleiterin. Einmal mit ihr zusammen und noch ein weiteres mal allein fuhr er im Taxi zu seinem Dorf. Immer mehr Erinnerungen wollte er auffrischen, immer aufs neue war er gerührt von der Gastfreundschaft der jetzigen Besitzer. Seeoffizier war der Mann gewesen, er hatte Ersparnisse in das Haus gesteckt, so etwas ist selten in Russland. Jetzt, als Rentner, konnte er leben, der Garten half ihm. Unser Bekannter fühlte sich wie heimgekehrt zu lieben Freunden.

Nach einer Woche waren wir Reisenden alle froh, aus dem Grau und dem Chaos der russisch gewordenen Militärkolonie zurückkehren zu können in das geordnete Deutschland. Unser Bekannter aber sagte, er werde bestimmt nächstes Jahr im Wagen wieder hinfahren, dann könne er Geschenke hinbringen. Ihm war, als sei ihm die Heimat seiner Kindheit wiedergegeben.

Zoran der Hirte

Is sie gewesen schön, die Jablonka, un hat sie mir gemacht schöne Augen. Na, warum auch nich, ihr Vater hat gehabt kleinen Hof, hat sie können leben da. Ham wir geheirat, hat ihr Vater gesagt na soll sie, un im Sommer sie is mit mir in die Berge. Hat sie gekriegt kleines Mädchen nächst Jahr un Jahr später kleine Sohn. Ich immer mit Schafe in Berge. In Winter ich kann leben mit Frau un Kinder bei ihr Vater, un wieder Holz hacken. Ham wir wenig Geld, aber brauchen auch wenig. Aber dann kleine Mädchen kommt in Schule, möchte haben schön Kleid. Un Jablonka sagt: der Mirko un der Slobodan, die haben von Deutschland geschickt Geld für kaufen Haus, du kannst auch gehen arbeiten in Deutschland un schicken Geld für Kleider von Kinder. Un ich will auch mal haben schöne Kleid wie Mirjana.

Ich hab nich wollen gehen nach Deutschland. Hab ich gesagt: wir hier haben was brauchen, warum mehr? Is nich gut. Aber die Jablonka hat gemacht un gemacht un gered un gered, un die Leut im Dorf ham gered' un gesagt kannst du nich gehen un auch schicken Geld für deine Kinder? Na schließlich ich bin gangen, ham sie mir gesagt in Stadt Villingen du kannst arbeiten auf Bau, gute Arbeit, guter Lohn, du kannst schicken Geld nach Haus. Hab ich auch gefunden Bett in Wohnung bei andern, hat nich gekost so viel.

Nach Feierabend ich hab nich gewusst was machen. Sitzen an Wald un kucken an Berge? Is nich wie zu Haus. Fernsehen nix für mich, un ich nix kann lesen. Manchmal ich geh in Wirtshaus trinken ein Bier, aber is nich gut allein, Kollegen wollen nich sein mit so einfache Mann wie ich.

Dann ich hab gefunden einen der wo hat gesucht Mann für hacken Holz; hab ich gekauft Axt un hab ich geschafft. War gute Arbeit, hab ich können schicken mehr Geld für Jablonka un Kinder.

Dann is gekommen Zygmunt Petrowski auf Baustelle. Hat er gesagt aus Polen, un war auch gewesen in andere Stadt erst. Hat er gehabt Kraft für zwei, un wenn ich müde, er mir hat geholfen. Is Zygmunt auch gewesen allein. Hat er verdient viel Geld un nich gewusst was machen damit. Hat er oft gesagt: Du, Zoran, komm, wir gehen trinken ein Bier. Hab ich nich wollen, aber hab ich nich können sagen nein. Un hab ich auch zahlt was is recht. Aber dann ich hab nich vertragen. Un er immer hat gesagt noch ein Bier, noch ein Wodka. Hab ich gekriegt Schmerzen in Bauch un Ärzte sagen du machst Operation oder du gehst kaputt. Na hab ich gemacht Operation un Kur, hat Krankenkasse zahlt. Un als ich bin kommen zurück, Zygmunt war weg. Hat gehabt Streit mit Meister. War besser für mich dass Zygmunt war weg.

Dann Firma kaputt, ich arbeitslos. Krieg ich Unterstützung, weil schon zehn Jahr in Deutschland. Un auch wieder hacken Holz. Hab ich nich können schicken viel für Jablonka un Kinder, aber doch mehr wie wenn in Sjennica Gora.

Hab ich immer müssen auf Amt für holen Geld. Un da ich treffe wieder Zygmunt Petrowski. Is er auch gewesen arbeitslos un hat er gekriegt weniger wie ich. Dann er is mitkommen in Zimmer wo ich hab gehabt, er hat gesagt: du geh, kauf Bier; hab ich nich können sagen nein, weil früher is meistens gewesen er wo hat zahlt.

Wann er is weg ich bin gewesen froh, aber er is kommen wieder un wieder un wieder. Un hat er gebracht noch einen der wo auch hat wollen Bier. Hab ich gesagt ich will schicken Geld für Jablonka, aber er hat nur gelacht un is kommen wieder un hat wollen Bier. Un is er gekommen wieder un wieder un hat er gesoffen un geschrien un geflucht, un der ander hat auch gesoffen, un alles von mein Geld. Un dann er hat gesagt du nur denkst an deine Jablonka un nix an dein Freund Zygmunt, aber denkt Jablonka auch an dich? Vielleicht sie hat gehabt ander Mann … Ja, is wahr, er hat mich gemacht besoffen, un dann er hat mich gestoßen in Zimmer von Satschenka, die was sich verkauft. Hat er gelacht un gesagt, mach doch wieder, bist du Mann oder Ochs? Hab ich nich wollen un gesagt er soll aufhören, aber er hat weiter gesoffen von mein Geld un gelacht un gesagt du Ochs, du Ochs. Un wann ich hab gekriegt große Wut, er hat gelacht un gespott, Kleinerchen, Alterchen, hat er gesagt, willst du mich anfassen, bist viel zu schwach, na versuch's doch! Deine Jablonka, die wird angefasst haben andre Männer! Aber du? Hast du weiche Scheiße in Armen! Un kein Geld hast, kein Geld? Na wirst heim gehen müssen zu Fuß, wirst ankommen mit zerrissene Schuh un flatternde Hosen, wirst nich haben Kraft für Jablonka, ausreißen wird sie dir, wird sie brauchen Kerl wie mich für ihr machen warm! Je doch, was wird flattern deine Hose! – Un da is geworden meine Wut so groß, hab ich gegriffen hinter mein Rücken un zu packen gekriegt Stiel von meine Axt. Un immer noch er hat gesoffen un gemacht un geschrien du Hosenscheißer, na komm doch un sauf, lass doch Welt gehen kaputt, zum Teufel mit deine Jablonka, lass flattern die Hosen! Zeig her deine Eier, du Schlappschwanz, hast die Jablonka ja nur gekriegt weil keine richtigen Kerle da waren! Un jetzt musst schaffen für sie dass sie sich kann lassen ficken von weiß nich wem! – Un da hab ich geschlagen zu mit Axt, un wenn er nich wär mit Kopf zur Seit ich hätt ihm zerschlagen nich nur Schulter un Ohr!

Ja, Herr Richter, hab ich getan. Bin sonst friedlicher Mann, aber was viel is is viel. Un wann ich muss heim, ich werd wieder hüten Schafe. Bin ich einfacher Mann, kann ich sonst nix, hab ich sonst nix. Aber wo Schluss is mit Spaß, ja doch, ich denk ich weiß …

V. Mit andern
oder ohne sie

Beflügelt

Mein Freund Bernd hatte mir am Telefon angedeutet, dass es in der letzten Zeit in seiner Ehe Probleme gegeben hatte. Ich hatte ihn länger nicht gesehen, weil ich im Ausland war. Jetzt war er Vater geworden. Der unscheinbar wirkende Mann saß in meinem Zimmer und schüttete sein Herz aus:

„Du weißt ja, vor vier Monaten fuhr ich den Bus runter ins Beaujolais. Tina reiste wegen der Schwangerschaft nicht mit. Der Harald wird dir wohl erzählt haben, dass wir da unten einen Unfall hatten – nicht allzu schlimm, ein Traktor mit Hänger bei der Weinlese, ich war durch die Sonne geblendet. Ein großer Bottich mit blauen Trauben kippte um, meine Fahrgäste stiegen aus, wir landeten mitten in dem klebrigen süßen Matsch. Etwas Blechschaden am Bus – wie gesagt, nicht so schlimm, aber doch ärgerlich, weil alles durcheinander kam. Du kannst dir vorstellen, wie alles nach dem süßen Saft roch, und dazwischen die Gäste.

Und da war eine Reisekauffrau, die verhandelte gleich mit dem Bauern auf Französisch, mit ein paar Italienerinnen auf Italienisch, mit Engländern und Amerikanern auf Englisch – wir hatten eine ganz internationale Besetzung von einer Sprachenschule. Toll, wie in dem Durcheinander des Unfalls die Reisefrau alles hinkriegte. Auch meine Angelegenheiten mit der Gendarmerie. Ohne sie hätte ich echt Probleme gehabt.

Na ja, ich muss wohl trotzdem bei der Tanzerei am Abend ziemlich belämmert dreingeschaut haben – schließlich war der Bus nur geliehen, ich würde viel erklären müssen. Zeit kosten würde mich die Geschichte allemal – und die Zeit brannte mir unter den Nägeln, du weißt ja, sechs Wochen vor einer Ausstellung, da ist noch viel fertig zu machen. Die Sabine hat mir meine Sorgen wohl angesehen. Ja, die Reisefrau, die alles so prima geregelt hatte. Sie setzte sich zu mir und bot mir an, am nächsten Morgen mit mir zu einer Werkstatt zu fahren. Und den Bauern sollten wir ja auch besuchen, ich kann kein Französisch, sie wollte mir helfen. Das machten wir dann auch. Wir überbrückten die Zeit, bis der Bus fertig war, mit einem Rundgang durch Villefranche.

An der Kirche dort sind viele mittelalterliche Wasserspeier, ausdrucksvolle Fratzen und Figuren, mit wenigen starken Linien aus dem Stein herausgeholt. Sabine erzählte was über Frankreich im 16. Jahrhundert; ich ließ die steinernen Fratzen auf mich wirken. Sind sie Masken, mit denen die Leute damals die verborgenen Mächte in ihren Seelen bannen wollten? Sabine wollte die Werke aus den gesellschaftlichen Zusammenhängen ihrer Zeit erklären; ich versuchte, mich als heutigen Menschen unmittelbar davon anrühren zu lassen. Sie meinte, moderne Bildhauer würden nichts Gültiges schaffen. Für mich Anlass genug, ihr von meinen Arbeiten zu erzählen, davon, wie ich versuche, mit modernen Materialien die Fragen unserer Zeit anzusprechen.

Gespannt hörte sie zu. Sie hatte wohl schon gehört, dass ich die Bus-Fahrerei nur nebenher mache, und dass ich jede freie Stunde draußen in meiner Werkstatt arbeite.

Wir fuhren dann noch zu einem Aussichtspunkt, schauten von einer kahlen Kuppe aus über das hügelige Rebland, dahinter zwischen Pappeln die Saône und die grüne Ebene bis hin zu den Jura-Bergen. Holzrauch hing in der Luft, die Dörfer ruhten in der Mittagsstille. Die letzte Nacht war kurz gewesen, wir legten uns ins Gras und schliefen.

Bei den letzten Sonnenstrahlen traten wir in den weitläufigen Garten des Hotels. Rot und golden im Herbstlaub säumten alte Bäume drei Teiche; das dunkle, klare Wasser lud ein zum Blick in die Tiefe. Wir schlenderten am Ufer entlang, dann ein paar Stufen hinauf zu Rabatten, blaue Astern leuchteten. Am alten Gemäuer rankten roten Reben. Am Brunnen verschlang sich schwarzes Schmiedeeisen zu schwingenden Linien. Aus Sandstein gehauen der Trog – wir schauten hinab, und drunten im Wasser spiegelten sich unsere Gesichter. Wir fuhren zurück – waren wir das?

Am nächsten Tag im Bus nach Frankfurt saß Sabine vorn. Sie erzählte von ihrer jüngsten Reise nach Indien: wie sie allein mit Eisenbahn und Bussen von Bombay nordwärts gefahren war, in Agra und Udaipur die malerischen Altstädte durchwandert und in kärglichsten Hotelzimmern übernachtet hatte, und wie sie mit zwei anderen Touristen und zwei Kameltreibern einen Ausflug in die Wüste Tharr unternommen hatte, Übernachtungen unter freiem Himmel.

Hundert kleine Erlebnisse. Und wie ihr noch am letzten Tag im Gedränge des Zuges ihre Reisetasche mit ihrer Kamera gestohlen worden war – aber die belichteten Filme hatte sie Gott sei Dank in einem anderen Gepäckstück gehabt, sie hatte schon mehrere Dia-Vorträge gehalten und wollte das demnächst auch in Frankfurt tun. Ja, und einen zierlich geschnitzten flötenden Krischna aus wohlriechendem Sandelholz hatte sie sich mitgebracht, jeden Tag sah sie die Figur in ihrem Zimmer. An einer Autobahnraststätte sprachen wir noch kurz miteinander, ich bat sie, mir ihren Dia-Vortrag anhören zu dürfen, und sie wollte mal rauskommen in meine Scheune.

Ich ging dann auch zu ihrem Vortrag. Sie sprach fesselnd und zeigte gute Fotos. Es waren viele Leute da, und die waren begeistert. Danach tranken wir noch irgendwo ein Glas Wein, und ich begleitete sie nach Hause. Unterwegs erzählte sie mir einen Traum: Sie hatte eines Abends weiter getanzt, sich geschmiegt und gelöst, sich allein weiter und weiter gedreht, über die Tanzfläche weg, zur Terrassentür hinaus, unter den Bäumen durch den Garten, auf Mondstrahlen hinauf in die Kühle der Herbstnacht. Unter ihr Nebelbänke wie einladende Betten, doch sie schwebte gleichgültig darüber hin, bis vor eine riesige gläserne Pyramide. Darin spiegelte sich das Mondlicht; nur mühsam konnte Sabine ins Innere spähen. Im innersten Punkt erblickte sie eine aufgebahrte Gestalt, das Gesicht verhüllt von weißen Schleiern. Und mit Schrecken erkannte sie: es war sie selbst, die dort lag. Sie versuchte, die Schleier zu lüften – da zeichneten sich in den dünnen Geweben die Umrisse der fünf Kontinente. Unter ihnen eine undurchsichtige Maske, schwer, es gelang ihr nicht, sie zu heben, sie erwachte.

Ich fragte sie, ob sie denn wirklich unter ihre Maske schauen wollte. Sie meinte, dann würde sie einen anderen Schutz brauchen, und dann müsste sie aus der Glaspyramide heraus, sich irgendwo dauerhaft niederlassen unter den Menschen. Ein Prinz, der dies Schneewittchen mitsamt ihrem Glassarg abtransportierte? Drei wären bisher dagewesen, meinte sie, aber keiner hätte genug gerüttelt, der giftige Apfelbutzen sei ihr noch nicht zum

Hals herausgeflogen. Sie arbeitete in ihrem Beruf, stets unter Zeitdruck, im Büro, reiste in der Welt herum, fuhr auf Touristik-Messen oder hielt irgendwo Vorträge. Und wenn sie mal ausnahmsweise ein freies Wochenende hatte, fuhr sie zu ihren Eltern oder zu ihren Schwestern. Vor ihrer Haustür sagte ich ihr gute Nacht – eine U-Bahn Station war ganz nah. "

Ich unterbrach Bernds Redestrom und verließ kurz das Zimmer. In Gedanken sah ich Bernds Frau Tina vor mir – ich kannte sie seit vielen Jahren, wir waren zusammen zur Schule gegangen, sie war mit meiner Schwester befreundet. Ein still vergnügtes Mädchen mit hellbraunen krausen Haaren; sie spielte Flöte und machte allerlei kunstgewerbliche Bastelarbeiten. Nach dem frühen Tod ihres Vaters hatte sie sich stets unauffällig im Hintergrund gehalten. In meinen Gedanken hörte ich sie sprechen: „Bernd ist so lieb, der denkt nicht an Gewinn, der will nur etwas Schönes schaffen, etwas, das vor allem ihm selber gefällt. Natürlich würde er auch gern mal was verkaufen, aber nur, um sich zu beweisen, dass seine Kunst nicht ganz brotlos ist. Wenn der allein wär, wär er arm dran. Aber glücklicherweise kann ich ja als Lehrerin die Wohnung bezahlen und was wir zum Leben brauchen. – Nein, er soll sich um Himmels willen nicht von mir abhängig fühlen, deshalb habe ich ihn ja beredet, die Aushilfsjobs als Hausmeister und Busfahrer anzunehmen. Er ist immer gut zu mir, und bestimmt wird er ein guter Vater für unser Kind. Aber dafür muss er auch mit sich und der Welt halbwegs im Reinen sein. – Heimlichkeiten vor mir – nein, die kann er nicht haben, höchstens, wenn er mich mit einem Geschenk überraschen will!"

So etwa würde Tina sprechen. Und dann erzählte Bernd weiter:

„Daheim stürzte ich mich in die Arbeit – ich hatte kurz vor der Reise ausgestanztes Kupferblech erhalten, ideales Material, um daraus allerlei Phantasie-Wesen zu gestalten. Und die sollten möglichst noch fertig werden bis zu der Ausstellung. Ich war praktisch jede freie Stunde draußen. Tina war ziemlich sauer deswegen. Ihrer Meinung nach hätte ich mehr an sie und das werdende Kind denken sollen. Aber mit Schimpfen machte sie auch nichts besser – ich hatte Hände, Augen und Kopf nur bei meinen Luft-

geistern. Und das hätte Tina ja eigentlich respektieren müssen – schließlich hat sie auch ihre Schule, ihre Bücher und ihre Flöte. Und was ich mit dem Job verdiene, zahle ich in die Haushaltskasse – zum größten Teil wenigstens, ein bißchen was brauche ich für Material. Aber was ich in meiner Scheune mache, betrachtet sie wohl eher als eine Art Spielerei, eine brotlose Kunst, ganz nett, damit ich nicht spießig versumpfe – mehr nicht. Für mich ist's anders – ich tauchte ganz ab in meine Arbeit.

Ja, und an einem Samstag Nachmittag stand die Sabine plötzlich draußen bei mir in der Scheune. Schaute mit großen Augen, interessierte sich für alles. Du weißt ja, da liegt der verschiedenste Schrott, Rohstoff für meine Figuren. Sabine machte sich nichts draus, wenn tausenderlei Zeug durcheinander herumfuhr. Sie schnupperte den Geruch des Schweißbogens, der verschiedenen Bleche, Chemikalien und Hölzer. Ließ sich eine Schweißer-Schürze geben, setzte sich den Helm auf und packte mit an. Hielt Bleche und Drähte, die im gleißenden Licht miteinander verschmolzen – wie die Mondfahrer tappten wir in den Schutzanzügen, kuckten durch dunkle Brillen, schützten uns vor der blendenden Helle. Sabine scheute nicht vor dem grellen Licht oder schmierigem Öl. Wollte selber probieren. Machte sich nichts draus, wenn die Hände schmutzig wurden. War bei einem Vesper zwischendurch zufrieden mit einem halben Butterbrot und einem Schluck Apfelmost.

Wir merkten vor lauter Arbeit kaum, wie die frühe Herbstdämmerung die Scheune verschwimmen ließ in der Landschaft.

Meine Luftgeister hatten am Boden geklebt – jetzt, in Sabines Gegenwart, kamen mir Ideen, wie ich sie fliegen lassen konnte. Alte Zündkerzen bekamen Flügel aus Draht, wurden zu großen Insekten, die ihre Rüssel in seltsame Blüten tauchten. Stell es dir vor – durchlöcherte Bleche, geschwungen, umspannt von feinmaschigem Netzwerk, aufgehängt an schwankenden Stäben, leicht beweglich in jedem Hauch. Aufgehoben alle Schwere, frei tanzten die Gebilde im Raum, sich in immer neuen Variationen paarend und lösend. Die Arbeit vollzog sich wie von selbst unter unseren Händen.

Als wir für den Abend fertig waren, wollte ich sie noch zum Essen ein-

laden – aber sie lehnte dankend ab und meinte, ich sollte lieber zu Tina gehen. Der hab' ich auch von Sabines Besuch erzählt. Tina konnte sich etliche spitze Bemerkungen nicht verkneifen.

Du kennst Tina ja – mit ihr ist's immer dasselbe: Kaum spreche ich vom essen, rennt sie in die Küche und richtet alles – ich komme gar nicht dazu, mal was für mich selbst zu tun, und danach wirft sie mir vor, ich würde sie alle Arbeit für mich tun lassen. Oder sie stellt mir drei Fragen auf einmal, lässt mir gar keine Zeit zu antworten – und dann stehe ich als der Trottel da, der gar nichts zu sagen hat.

Auch wenn sie mir was vorliest und mich fragt, ob ich's gewusst hab – natürlich nicht, ich kriege vieles nicht mit, spinne lieber an meinen eigenen Gedanken. Ich seh' ja ein, wie wertvoll Tinas Hilfen für mich sind – aber manchmal geht mir ihre penetrante Fürsorge auch arg auf die Nerven.

Zwei Wochen später rief Sabine an, fragte, wie weit ich mit der Vorbereitung der Ausstellung wäre, ob ich Hilfe brauchen könnte. Natürlich. Tina kam auch in die Scheune, sagte, sie wollte für ein bißchen Behaglichkeit sorgen.

Mich riss es mitten durch – auf der einen Seite Sabine, die mich zu künstlerischen Gedanken befeuerte, und auf der anderen Seite Tina mit ihrer rührenden Fürsorglichkeit; und wie viel verdanke ich ihr! Wir versuchten, zu dritt zu arbeiten – es ging nicht. Dann wollte Sabine Einladungen für die Vernissage entwerfen – sie weiß, worauf es da ankommt. Aber es lag eine knisternde Spannung im Raum, wir waren wie gelähmt.

Die Ausstellung kam. Ich hab' dir ja schon am Telefon gesagt, allzu viele Leute waren nicht da, und was danach in den Zeitungen stand – na ja. Die Kritiker fanden meine Arbeiten nicht besonders originell – mit Ausnahme der Luftgeister. Eigentlich blöd – mach was du willst, irgendwann ist's immer schon dagewesen. Auch als heutiger Mensch bin ich nicht so viel anders als die Menschen früher. Und wenn die Kritiker von mir erwarten, dass ich mit hochgestochenen Worten meine Werke interpretiere, muss ich sie enttäuschen – meine Figuren sollen aus sich selber sprechen. Vielleicht mögen das die Kritiker nicht, und darum haben sie mich verrissen. Eigentlich blöd – aber es hat mich doch arg getroffen. Ich fühlte mich danach ziemlich mies.

Tina schimpfte auf die blöden Kritiker; das brachte nicht viel. Sabine meinte, sie an meiner Stelle würde irgendwo ihren Kopf auslüften. Vielleicht bei einem Ski-Urlaub. Ich hatte finanzielle Bedenken. Aber Sabine wusste von einem Schnäppchen-Angebot in Savoyen. Mitte Dezember fuhr ich los.

Die Landschaft ist herrlich da oben. Mit dem Lift rauf zum Gletscher, kurzer Anstieg, dann mit weiten Schwüngen runter. Kurze Rast an der Baumgrenze, und mit dem Schlepplift wieder rauf auf einen anderen Grat. Wieder runter zwischen Felsbrocken mit dicken Schneekissen, wie ein Feld von Denkmälern ziehen die sich talwärts. Einzelne verkrüppelte Kiefern mit Polstern aus Schnee, dann durch den Wald, die Piste ist gut markiert. Ich kam los von dem, was die Kritiker geschrieben hatten. Und die bizarren Formen von Schnee, Eis und Fels – da regte sich in meinem Kopf was an neuen Möglichkeiten.

Als ich am fünften Abend allein im Hotel-Restaurant saß, stand plötzlich Sabine vor mir. Ich war völlig verdattert. Ich glaub fast, sie selber auch. Sie stammelte was von einem Zeichenstift aus meiner Werkstatt, den sie versehentlich eingesteckt hatte und mir nachbringen wollte.

Als sie mir gegenüber saß und ihre Hand vor mir auf dem Tisch lag, konnte ich meine Hand nicht zurückhalten. Ja, es war schön, ihre Hand zu streicheln.

Aber oben vor der Tür meines Zimmers sagte ich ihr gute Nacht. Ein bloßes Abenteuer mit ihr? Nein, das ist nicht meine Art. Etwas Dauerhaftes hätte es nicht werden können. Und ich wollte auch Tina nicht betrügen und nicht sitzen lassen.

Am nächsten Morgen fuhren wir mit dem Lift hinauf in die eisige Sonnenluft und das glitzernde Weiß. Pyramiden der Gipfel, wie damals in Sabines Traum. Wie ein kaltes Messer schnitt uns der Wind in die Wangen. Grate, blau schattend sich hinabziehende Wälder. Konnte Sabine in ihrem gläsernen Schneewittchen-Sarg erlöst werden? Sie schien enttäuscht, aber vielleicht verstand sie auch, dass wir besser alles ließen wie es war. Wir fuhren runter bis ganz ins Tal, am Abend mit dem Bus wieder hinauf ins Hotel.

Beim Essen zeichnete ich die Papierservietten voll mit Entwürfen für neue Figuren. Die Einfälle kamen mir massenhaft zugeflogen. Sie schaute und hörte, was ich sagte, und sie zeigte auch, wie man das ihrer Meinung nach ausbauen konnte. Wie mit Tusche scheinbar flüchtig hingeworfene exotische Vögel! Und wie viele Arten papierener und seidener Drachen kann man in die Luft steigen lassen! Wie Wolken aus Federn verdichteten sich ihre Gedanken. Über anderes konnten wir nicht richtig sprechen. Es war, wie wenn eine Verlegenheit über uns lag.

Ja, wir blieben noch eine Woche. Aber wenn ich mit ihr geschlafen hätte – ich glaube, ich hätte mich selbst danach verachtet. Ganz abgesehen davon, dass es viele Komplikationen heraufbeschworen hätte, die ich nicht wollte. Und Sabine würde bald wieder nach Asien fliegen. Sie war für mich ein Blick in eine andere Welt.

Als ich heim kam, bombardierte mich Tina wie üblich mit fünf Fragen auf einmal – wie es war, ob ich mich erholt hatte, ob ich nette Leute kennengelernt hatte, auf neue Ideen gekommen war, mit wem ich zusammen war. Du kennst mich und weißt, ich kann nicht lügen – das geht mir gegen meinen Stolz. Und Tinas Kreuzverhör-Technik hätte schnell alles aus mir herausbekommen. Ich erzählte von Sabines Besuch.

Tina wurde weiß. Sie glaubte mir nicht. Sie war zutiefst verletzt. Meine Sachen flogen aus dem Schlafzimmer. Die Tür knallte zu. Am nächsten Morgen stellte sie mich vor die Entscheidung: Sie oder Sabine. Unnötige Aufregung – es war ja alles klar. Auch wenn Tinas Enge mich manchmal nervt – ohne sie fehlt mir der Boden unter den Füßen. Ich beteuerte ihr hoch und heilig, dass nichts vorgefallen war.

Als ich meinen Koffer auspackte, lag oben auf meinen Sachen ein Brief. Sabine musste ihn hineingesteckt haben, als ich während der Bahnfahrt mal kurz das Abteil verlassen hatte. "

Bernd kramte aus seiner Brieftasche ein Papier und reichte es mir. Ich las:

Lieber Bernd,

ich hatte gehofft, bei Dir einen festen Ort zu finden, so, dass ich nicht weiter zu tausend Plätzen herumreisen muss, ewig auf der Flucht vor mir selbst und einer festen Bindung. Auf meinen Reisen habe ich viel

gesehen –ich hätte dir gern mit meinen Erfahrungen geholfen, neue Ideen zu entwickeln. Vielleicht hätte ich deinen Geschöpfen Flügel geben können. Du hast vom Boden deiner Bindung an Tina nicht abheben können – schade. Ob deine Kunst in Zukunft noch Flügel erhalten wird? Wer weiß... Ich wünsche dir ein erträgliches Leben im Alltag.
Alles Gute Sabine

Was sollte ich dazu sagen? Ich reichte Bernd stumm den Brief zurück. Bernd sagte, Tina habe lang gebraucht, bis sie wieder normal mit ihm sprach. Am liebsten hätte er ihr alles vor die Füße geschmissen und wäre raus gezogen in seine Scheune. Aber sie allein sitzen lassen, kurz vor der Entbindung – nein, das wollte er auch nicht. Immer wieder hatte Tina sich geschüttelt gefühlt. Wochenlang ging das so. Die Geburt war schwer, es ging um's Leben. Aber der Kleine war Gott sei Dank wohlauf, und auch sie war jetzt über den Berg. Bernd hatte sich ja nichts vorzuwerfen – und trotzdem, wie erbärmlich er sich fühlte konnte ich mir denken.

Und dann sagte Bernd noch, er hätte Sabine geschrieben, dass er sie nicht wiedersehen wollte. Er dachte, sie würde das verstehen. Und doch ließen ihn die Gedanken an sie nicht los.

Einige Zeit später sah ich ein Plakat für eine neue Ausstellung von Bernd. Es war, als schwebten luftige Metallgebilde über scharfgratigen Gipfeln. Schrott-Objekte, getragen von seltsamen, ihnen angeschweißten Flügeln.

Rehbraten und Radieschen

Als er aus der engen Altstadtgasse auf den freien Platz kam, hielt er inne; am Abendhimmel leuchteten viele rote Wölkchen, und der Geruch gebratener Maroni hing in der Luft. Daheim hatte er noch leckere Würstchen. Menschen, Plastiktüten, Stimmengewirr – ein Konzertplakat an der Wand. Bachs Weihnachtsoratorium – das wollte er anhören dieses Jahr.

Eine junge Frau in abgetragener Kleidung trat auf ihn zu. Wollte sie ihn anbetteln?

„Entschuldigen Sie – können Sie mir tragen helfen?"

Kurzes, strähniges Blondhaar um ein mageres Gesicht mit spitzer Nase. Zierliche Gestalt. Der Anorak aus gutem Material, besonderer Schnitt, dezente Farben, roch nach Rauch. „Ein Stück weit schon", sagte er, „aber ich muss noch in die Post. Wo wollen Sie denn hin?"

„Zum Bahnhof und dann über die Brücke, ich wohne im Haslach."

Da wohnte er auch, aber er sagte es nicht. „Wo haben Sie denn ihre Sachen?"

Sie gingen hinüber, und er hob zwei Taschen auf. Waren die schwer! „Sie haben aber tüchtig eingekauft!"

„Schauen Sie mal nach was drin ist!"

„Soll ich wirklich?"

Ratsch! Da lag, halb eingewickelt in Packpapier, der Rumpf eines Rehs. Kopf und Läufe fehlten. Dunkel glänzte das Fell in der Tasche.

„Haben Sie ne Ahnung, wie man das Fell abzieht? Ich möchte mir was draus machen lassen."

„Vielleicht fragen Sie einen Tierpräparator oder einen Kürschner. Warum haben Sie sich nicht dort erkundigt, wo Sie's gekauft haben?"

„Ich hab' s nicht gekauft, ich hab' s gefunden. Die Tasche stand an einer Hauswand, niemand kümmerte sich drum. Aber Hunde riechen doch so was, und die sollen ' s nicht haben. Da hab ich' s mitgenommen.

Weglaufen, Hetzjagd, Polizei?

„Wieso? Die Tasche stand doch an einer Hauswand, niemand kümmerte sich drum. Und auf dem Fundbüro würd' s nur verderben. Es gibt halt viele nachlässige Leute, denen geschieht' s recht, wenn was weg ist."

In der anderen Tasche war Blumenkohl, Bohnen, Tomaten, Paprika, Salat und Radieschen. Auch gefunden.

Schweigend gingen sie durch die Unterführung, dann nebeneinander im Gedränge, ein Paar unter Passanten. Der Abend dunkelte. Nach wenigen Schritten die Post. An der Mauer eine Tasche, unbewacht. Die Frau zog ein Paar braune Herrenschnürstiefel heraus.

„Sehen die nicht gut aus? Können Sie sie brauchen?"

Er schüttelte den Kopf, entgeistert.

„Na, dann nicht. Schade drum. Aber die langen Schuhbändel brauch ich. Und hier, T-Shirts? Dieses braune hier würde Ihnen passen, und mir dieses gelbe, nicht wahr?"

Sie hielt sich ein T-Shirt vor die Brust, als probiere sie es an. Dann tänzelte sie auf und ab, verbeugte sich, schnitt komische Grimassen und wedelte einladend bald mit dem einen, bald mit dem anderen Arm.

Vorübergehende blieben stehen, im Nu bildete sich ein Halbkreis, man lachte und applaudierte. Er fühlte sich immer unbehaglicher, trat seitwärts in den Ring der Zuschauer. Sie hielt das T-Shirt vor sich, betrachtete es mit schräg gelegtem Kopf und sagte: „Eigentlich ja ganz schön, aber es ist Acryl, und Synthetic vertrag ich nicht. So leb denn wohl, du schöner Tand!"

Damit stopfte sie es in die Tasche zurück, die Show war zu Ende.

Kaum hatte er am Postschalter seine Angelegenheiten erledigt, trat sie wieder auf ihn zu. Sie reichte ihm ein Paar Handschuhe. „Probieren Sie mal, vielleicht passen die Ihnen! Echt Nappa-Leder, lammfellgefüttert. Sie lagen hier herum, es hat sie wohl jemand vergessen."

Unwillig fauchte er sie an: „Wie können Sie annehmen, ich würde mich an fremdem Besitz vergreifen?"

„Ruhig, Väterchen, ruhig!" spöttelte sie. „Wer wird sich denn aufregen, wenn ihm Auswüchse der Überfluss-Gesellschaft zugute kommen sollen? Es ist nicht meine Schuld, wenn viele Leute nicht auf ihre Sachen aufpassen. Aber bitte, ich dräng' Ihnen die Handschuhe nicht auf! – Und nun, wie wär' s, wären Sie so freundlich, mir noch ein wenig tragen zu helfen?"

Wortlos ergriff er die Taschen und stapfte hinaus, sie neben ihm. Nach wenigen Schritten fragte er: „Sie reden doch wie ein gebildeter Mensch, wie passt das zusammen mit Ihren Begriffen von Eigentum?"

„Sie meinen, was ich für eine Vergangenheit hab'? Ach, Dickerchen, wer gilt heutzutage schon als mißraten und wer nicht? Ist' s die Tochter aus gutem Hause, die ausgerissen und durch's Abitur gefallen ist? Oder ist's eher der behäbige Spießer? Meine Typen in der WG werden sich vielleicht mehr freuen am Rehbraten zu Weihnachten als mancher satte Wohlstandsbauch."

„Lassen Sie oft Dinge einfach so mitgehen? Leben Sie davon?"

„Ach bewahre, ich bin doch kein Dieb! Einer angehenden Sozialarbeiterin werden die lieben Eltern doch noch den Unterhalt zahlen, für so was gibt' s doch Gesetze! Und über die studentische Arbeitsvermittlung findet man auch mal nen Job, Hotelpersonal und Bardamen werden öfters gesucht. Für ehrenhafte Dinge stets zu Ihren Diensten, mein Herr! Aber kess daherlabern darf ich nicht bei der Arbeit – na ja, Student sein ist schöner. Und mit nem spontanen Späßchen findet man überall sein Vergnügen. Schaun Sie mal!"

Sie trat an den Mast einer Straßenlampe. Mit Kaugummi war ein handgroßes Stoffpüppchen daran geklebt. Sie nahm es ab und ließ es sprechen:

„Püppchen ist ein süßes Kind,
Püppchen bleibt nicht gern im Wind,
will sich eine Wohnung suchen
und es isst auch gerne Kuchen."

„Möchten Sie menschliche Teilnahme zeigen? Püppchen sucht vielleicht ein Obdach bei Ihnen. Aber Vorsicht, es könnte Sie verarschen!" Und sie führte das Püppchen nah an sein Gesicht und strich mit dem Stoff über seine Nase.

Und dann versuchte sie, ihm das Püppchen beim Mantelkragen in den Hals zu schieben. Er stellte die Taschen ab.

„So, also jetzt ist es genug. Ich biege hier ab. Tragen Sie Ihre Taschen selber weiter. Und passen Sie auf, dass Sie nicht hinter schwedische Gardinen kommen. Leben Sie wohl!" Mit raschen Schritten ging er in eine Seitenstraße, um die nächste Ecke, und noch einmal um eine Ecke.

Was zum Teufel bildete diese Person sich ein? Warum war er überhaupt so weit mit ihr gegangen? War er nicht schon fast drin in Beihilfe zum Diebstahl oder zur Hehlerei? Und die Arme taten ihm weh. Was ging diese Frau ihn überhaupt an? Oder hätte er doch mehr erfragen müssen über sie? Nach einem Umweg um den nächsten Häuserblock kam er wieder an die Straße zum Haslach. Es war jetzt dunkel. Kein Fußgänger so weit man sah. Doch im Lichtkegel der ersten Straßenlampe, mitten auf dem Gehweg, nicht zu übersehen ein rotes Radieschen auf einem grünen Salatblatt …

Aus dem Ort gefallen

Eine altmodische Apotheke: Die Wände hinauf ziehen sich aus dunklem Holz viele kleine Schubladen, an jeder prangt ein weißer Porzellanknopf mit lateinischer Aufschrift: Tussilago farfara; Digitalis grandiflora, Papaver somniferum und viele, viele andere. Heilkräfte der verschiedensten Pflanzen, im Stengel, in der Wurzel, in getrockneter Blüte oder in der Frucht; jahrhundertelang überliefertes Wissen. Liebevoll hat der Apotheker das alte Aussehen über viele Jahrzehnte erhalten: er schützt das ehrwürdige Alte, und seine Kundschaft fühlt sich darin geborgen. Der Apotheker geht sorgfältig um mit seinen besonderen Substanzen: welch winzige Gewichte auf seiner besonderen Waage – ein Blättchen Papier empfängt kleine Krümel, aufs feinste abgestimmt bringen sie Heilung – nur ein wenig zu viel, und sie machen krank oder töten. In der Ecke steht der gut verschlossene Giftschrank mit dem Totenkopf darauf; als sein Sohn noch ein Schüler war, warnte ihn der Apotheker, er weiß: stets steht er mit einem Bein im Gefängnis.

Wer in die Apotheke geht, kauft nicht nur Pillen oder Medizin. Er erzählt von seinen Schmerzen und Leiden, und die sind nicht nur körperlicher Art. Vielleicht ist die übergroße Spannung im Beruf Schuld an seiner Nervosität? Der Apotheker empfiehlt ihm häufige warme Bäder – und wenn er dem Badewasser bestimmte Pflanzenextrakte hinzufügt, wird das wohltätig wirken auf seinen Kreislauf und seine Nerven. Selbstverständlich individuell ganz verschieden: der eine ist empfänglich für diese Säfte, der andere für jene, die Einteilung in Menschentypen bleibt eine grobe Annäherung, nur im persönlichen Gespräch lässt sich das für den einzelnen Richtige finden. So wird in dem kleinen Städtchen der Apotheker zu einer Art weltlichem Beichtvater, dem viele ihre Sorgen anvertrauen. Dieses Städtchen liegt in der Heide, nicht weit von Hamburg; die meisten Leute sind dort gut lutherisch; in der Kirche und in den Vereinen weiß man viel über seine Mitbürger.

Der Apotheker ist Mitglied im Lions-Club. Wenn sich die Herren treffen, hält reihum einer einen Vortrag, bald über dieses, bald über jenes Wissensgebiet. Wiederholt hat der Apotheker Ehre eingelegt mit dem, was er über Botanik, Naturgeschichte und über vielerlei merkwürdige Begebenheiten zu erzählen wusste; er fand humorvolle Ausdrücke, lebhaft unterstrichen seine Hände seine Worte, die Hörer lauschten gebannt.

Die Frau des Apothekers ist Lehrerin. Die dunkelhaarige, zartgliedrige Frau geht liebevoll auf das Wesen jedes einzelnen ihrer Schüler ein, fühlt sich hinein in die Freuden und Sorgen der Kinder; und die verehren sie und hängen an ihr wie an einer heiß geliebten Tante.

Seit einigen Jahren sind ihre Kinder zum Studium aus dem Haus. Seither singt Edith nicht nur im Kirchenchor mit, sondern engagiert sich auch verstärkt im Tennis-Club und beim Roten Kreuz. Wann immer es ein Fest oder eine Wohltätigkeitsveranstaltung zu organisieren gilt, nimmt sie die Angelegenheit in ihre Hände. Auf ihre fröhliche Art sorgt sie dafür, dass alles klappt wie am Schnürchen.

Edith, ihr Mann und ihre Kinder lieben Musik, spielen selbst Klavier, Geige und Querflöte. Manchmal laden sie Gäste ein zu Hauskonzerten. Ab und zu fahren sie zu Opernaufführungen nach Hamburg. In der überregionalen Presse lesen sie die hervorragende Besprechung einer Rosenkavalier-Inszenierung in München. Das wäre doch etwas Besonderes! Und am besten fährt man dann in den Süden, wenn man ein paar Tage in der blühenden Natur anschließen kann! Die letzte Aufführung ist Mitte Mai – Edith und Eberhard bestellen die Karten und das Hotel.

Zwei Tage vor der geplanten Abreise stürzt Edith so unglücklich, dass sie ein Wadenbein und zwei Rippen bricht. Unmöglich für sie zu reisen – aber soll nun auch Eberhard verzichten? Verschieben ist nicht möglich – es wäre doch die letzte Aufführung dieser großen Inszenierung! Edith redet ihm zu, allein zu fahren – leider kann keines der Kinder ihn begleiten, aber sie werden sie daheim gut versorgen. Eberhard zögert – aber dann reist er doch.

In München geht Eberhard mit leichtem Gepäck ins Hotel. Umziehen, eine Kleinigkeit essen, ins Opernhaus. Eberhard genießt die Musik, die festlich gekleideten Menschen, die Düfte, das Flair einer sich selbst feiernden Welt. Welcher Kontrast zum bescheidenen Heidestädtchen! Und in der Hamburger Oper ganz anders temperierte kühle Eleganz hanseatischer Bürger, da bleibt man ein wenig steif und zurückhaltend, auch wenn man sich lebhaft gibt. Wie lange hatte er schon versucht, seine norddeutsche Schwerblütigkeit abzulegen! Konnte er hier teilhaben an der lockeren Atmosphäre, dem anderen geistigen Element, in dem die Menschen sich zu bewegen schienen? Ein Glas Sekt in der Pause – aber er kannte niemand, stand für sich allein.

Am nächsten Vormittag ging er ins Lenbachhaus. Er wollte die Bilder des Blauen Reiters ausgiebig betrachten. Eine Reisegruppe ließ sie sich gerade erklären – lebhaft und sachkundig sprach eine Führerin. Ende dreißig mochte sie sein, gute Figur, mittelgroß, kurze braune Haare; in dem lebenslustigen Gesicht blitzten temperamentvolle Augen. Nach dem Ende der Führung fragte Eberhard sie: welche Techniken hatte Gabriele Münter von Kandinsky übernommen, welche Motive hatten beide gemalt, wo lagen Unterschiede? Bereitwillig gab die Kunsthistorikerin Auskunft. Sie schlug ihm vor, nach Murnau hinauszufahren und dort weitere Gemälde der Münter anzuschauen und das Haus, das sie bewohnt hatte.

Eberhard war noch nie in Murnau gewesen, hatte nur den Ortsnamen gehört. Die junge Frau riet ihm, für das kommende Wochenende dort ein Zimmer zu bestellen – das Wetter war sommerlich, die schöne Landschaft lohne einen Besuch.

Er verbummelte den Nachmittag auf Kaffeeterrassen, im Deutschen Museum und im englischen Garten; am Abend kam er mit Tischnachbarn in einem Biergarten ins Gespräch. Wie locker hier alles zu laufen schien! Am nächsten Morgen fuhr er nach Murnau, ließ sein Köfferchen am Bahnhof und ging gleich zum Münter-Haus. Er studierte die Gemälde – zeigten sich darin Spuren davon, wie die Malerin von Kandinsky verlassen worden war? Nach einigen Stunden wollte er gehen; da saß im Studierzimmer neben dem Ausgang die Kunsthistorikerin, der er am Vortag in München begegnet war. Sie sprach ihn an: „So, haben Sie in den Bildern Antworten auf Ihre Fragen gefunden?"

„Teilweise; einige scheinen mir eine gewisse Melancholie zu zeigen, andere eher trotzige Selbstbehauptung. Aber da muss man schon sehr genau hinschauen, wenn man das aus den Bildern herauslesen will."

„Manche Bilder sind auch der materiellen Notlage abgerungen."

„Sie hat einige Sachen hier im Ort verkaufen können?"

„Einiges schon. Es langte gerade eben, dass sie sich über Wasser halten konnte."

„Traurig genug. Wie sagt doch Brecht: 'Da preist man uns das Leben großer Geister – das lebt mit einem Buch und nichts im Magen...' Das dürfte für Gabriele Münter schwierig gewesen sein, und für mich kleineren Geist wäre es das auch. Aber glücklicherweise braucht der Magen ja nicht leer zu bleiben. Eine kleine Stärkung könnte ich jetzt vertragen. Kennen Sie sich hier aus? Wo finde ich ein gutes Restaurant?"

„Im Seeblick. Ich zeige Ihnen den Weg."

Während sie nebeneinander hergingen, erzählte die Frau über Murnau. Ja, sie war schon öfter hier gewesen, meist aus beruflichen Gründen, in der früheren Künstlerkolonie wurde ein Museum neu eingerichtet, die Münchener halfen mit ihren Beständen und berieten hinsichtlich der zweckmäßigsten und schönsten Hängung. Aber auch früher schon, noch während ihres Studiums und dann als sie jung verheiratet war. Jetzt war sie geschieden.

Eberhard war seltsam berührt von der Beiläufigkeit, mit der sie das so hin sagte. Für ihn war seine Ehe immer eine ernste Angelegenheit gewesen, eine feste Bindung, die er nie in Frage stellte. Seine ganze Existenz war aufgebaut auf diesem soliden Fundament. Aber vielleicht war das ja auch eine Generationenfrage – in seiner Jugend hatte der Wiederaufbau nach dem Krieg die Menschen zu dauerhaften, verlässlichen Partnerschaften genötigt, andere Gedanken waren überhaupt nie in Frage gekommen. Diese Frau mochte etwa fünfzehn Jahre jünger sein als er – wie anders dachten diese jüngeren Menschen! Sorgloser, freier, unbekümmert sich freuend am Genuss des Augenblicks – er beneidete sie darum.

Das Essen war gut, ein frischer Weißwein ließ ihn die Welt durch einen verklärenden Nebel sehen – die blühenden Büsche und Bäume, das saftige Grün der Wiesen, Frühling überall, Wärme und Leben.

Was tun mit dem schönen Nachmittag? Er genoss es, sich einfach treiben zu lassen. Sie lenkte die gemeinsamen Schritte hinunter zum See. Er hatte seinen Segel-Schein dabei, aber den brauchte er gar nicht. Er lud sie ein, im gemieteten Boot über das Wasser zu gleiten. Die Ufer blieben zurück, Dunst lag träge auf der glitzernden Fläche. Die bewaldeten Kuppen der Inseln hoben sich aus dem Wasser, schmale spitze Segel anderer Boote zogen in größeren Abständen dahin. Sie lehnte sich zurück, streckte sich wohlig, blinzelte ihm zu. Es war fast windstill. Mit einer Hand voll Wasser spritzte sie ihn an. Da konnte er nicht an sich halten; er beugte sich über sie und küsste sie. Sie lächelte, und ihre Augen sagten, wie glücklich sie war, umarmt zu werden. Ihm war, als öffneten sich ihm ungeahnte Weiten eines neuen Lebens.

Eine Nacht im Hotel; noch ein Tag auf dem See. Sein ganzes bisheriges Leben schien für Eberhard in weiter Ferne zu liegen. Ihm war, als wären fünfundzwanzig Jahre von ihm abgefallen wie ein alter Mantel. Das war ja nicht schlecht gewesen, aber trotz seiner Erfolge ein bißchen allzu gewöhnlich. Konnte er mit zweiundfünfzig noch einmal Neues beginnen? Ein zweites Leben voller Freuden, das er sich im ersten Leben ehrlich verdient hatte? Wie dem auch sein mochte – ganz abschütteln ließ sich die Vergangenheit nicht. Gegen Abend zurück nach München – sein Zug nach Hamburg fuhr um Mitternacht.

Wie Finger einer Hand streckt das Heidestädtchen lange kleine Straßen in die umliegenden bewaldeten Hügel. Große Grundstücke liegen daran, zwischen den Tannen, Birken und Eichen gepflegte Rasenflächen mit blühenden Rhododendren. Fast jedes Haus wird von einem Hund bewacht. Eberhard fuhr mit dem Taxi hinaus, begrüßte kurz seine Frau, erzählte von der Opernaufführung und den Kunsterlebnissen, von einem schönen Spaziergang in Murnau am Staffelsee – und dann entschuldigte er sich und fuhr in seine Apotheke.

Gespräche mit Angestellten, mit Kunden, mit Vertretern – die Zeit flog hin, die Erinnerung an das Wochenende verblasste. Eine Bereicherung seines Lebens war es gewesen, ein Ausbruch aus dem Alltag, eine Erweiterung seiner Erfahrungen – und auch eine Bestätigung, dass seine Kraft noch nicht erloschen war. Er fühlte sich beschwingt, angeregt zu neuen Experimenten in seinem Labor. Ätherische Öle verströmen belebende Düfte – mit frischem Atem durchflutete ihn Lust und Lebensfreude.

Seine Edith fühlte sich noch immer zerschlagen, die Knochenbrüche heilten nur langsam. Sie bemerkte das Hochgefühl ihres Mannes und empfand schmerzlich, dass sie ihm darin nicht folgen konnte. Von seinem Seitensprung hatte sie keine Spur entdeckt, und er hatte auch nichts darüber gesagt – aber sie fühlte eine kaum wahrnehmbare Veränderung der Atmosphäre. Selbstverständlich war Eberhard rührend um sie besorgt, pflegte sie mit Hingabe; und doch ahnte sie, dass ihr früheres Einvernehmen durch irgendetwas gestört war. Und auch als sie nach einigen Wochen wieder zu Kräften kam, blieb sie wie unter einem Spinnwebschleier gefangen. Sie ließ sich nichts anmerken, nicht gegen Eberhard und schon gar nicht gegen andere – und doch fühlte sie sich auf seltsame Weise gehemmt.

Eberhard war fasziniert von seinen Forschungen über belebende Duftstoffe. Er entwarf Experimente und bekam vielversprechende Zwischenergebnisse. Das war kurz vor den Sommerferien; Edith arbeitete mit Hochdruck in der Schule, wollte ihren krankheitsbedingten Unterrichtsausfall wieder gut machen. Eberhard schaute ihr zu, wie sie sich korrigierend über die Aufsätze ihrer Schüler beugte. Sie nahm ihre Arbeit genau, fragte ihn ab und zu nach einem verbessernden Ausdruck – aber seine Forschung interessierte sie kaum. Er schrieb einer Pharma-Firma in München, ob sie an einer Zusammenarbeit interessiert wären. Sie luden ihn ein zu einem Gespräch. Eberhard wollte Edith mitnehmen, ihr einige Schönheiten Münchens zeigen – aber sie wollte all ihre Zeit und Kraft der Schule widmen.

Eberhards Gespräche verliefen erfreulich, und danach hatte er noch Zeit für einen spätnachmittäglichen Bummel durch München. Wie von selbst lenkten seine Schritte sich ins Museumsviertel. Er hatte eigentlich nicht vor, Kathi wiederzusehen; aber während er noch zögerte, ob er ins Lenbach-Haus eintreten sollte, kam sie ihm im Garten entgegen – sie hatte gerade Feierabend. „Hallo, welch ein glücklicher Zufall!" begrüßte sie ihn.

Sofort hängte sie sich bei ihm ein, führte ihn mit sich in einen netten kleinen Biergarten, ließ sich über seine Arbeit erzählen – und obwohl sie nur wenig von Chemie verstand, fragte sie, ließ sich Allgemeines und auch komplizierte Einzelheiten erklären. Indem Eberhard ihr die Prinzipien erläuterte und auf ihre laienhaften Fragen einging, klärte sich ihm selber manches und er kam auf neue Gedanken. Wie war es auf ihrem Gebiet, der Kunst – wie stark wirkten da Farben auf die Psyche der Menschen! Über freudigem Erzählen verging die Zeit, und ehe er wusste wie ihm geschah lotste sie ihn mit in ihre Schwabinger Wohnung. Etwas überrascht war er, als sie ihm dort ihre zwei halbwüchsigen Kinder vorstellte – ja, seit ihrer Scheidung erzog sie allein, wenn die Kinder auch manchmal ein Wochenende mit ihrem Vater verbrachten. Er wechselte mit ihnen ein paar belanglose Worte, und dann zogen die sich zurück, gingen mit größter Selbstverständlichkeit am Abend noch ihre Freunde besuchen. Es ergab sich von selbst, dass er bei Kathi übernachtete.

Natürlich, auch bei seinen Bekannten in Norddeutschland gab es gelegentlich Seitensprünge, Eberhard wusste davon – aber nur mißbilligend und hinter vorgehaltener Hand sprach man darüber. Kathi tat, als sei das nichts Besonderes.

Am anderen Morgen schlug Kathi vor, ein Stück weit mit der S-Bahn hinauszufahren und dort zu wandern; gern ließ er sich führen. Und welch eine Freude, den Bewegungen ihres schönen, kräftigen Körpers zuzuschauen! Und wie sie dabei erzählte über viele Künstler, ihre Beziehungen zu einander, wie wichtige Ereignisse Ausdruck gefunden hatten in ihrem Stil. Wie anders diese Gespräche mit Kathi als daheim die mit seiner allzu zarten Edith über die immer ähnlichen Alltagsdinge der Schule oder im Vereinsleben der Kleinstadt!

Eberhard genoss den Tag und den Abend. Gegen Mitternacht fuhr sein Zug; trotz des leichten Rüttelns im Schlafwagen kam er relativ frisch in Norddeutschland an und ging sofort in seine Apotheke. Schwungvoll erzählte er seinen Angestellten vom guten Verlauf der Gespräche mit der Pharma-Firma; er würde fortan mehr Zeit in seinem Labor verbringen, die Arbeit musste etwas anders verteilt werden. Die begeisternde Aussicht, kreativ wirken zu können, trug ihn über die Stunden. Als er in der Mittagspause mit Edith zusammensaß, sprach er über nichts anderes als seine Projekte; sie fühlte sich kaum beachtet, ein für ihn nicht wichtiges Wesen am Rande. Was sie über ihre Kollegen und Schüler erzählte, interessierte ihn offenkundig nicht. Auch als sie verletzt schwieg, nahm er das kaum zur Kenntnis.

Ediths Sommerferien kamen. Früher waren sie gemeinsam an die dänische Ostseeküste gefahren, gewandert am Strand entlang, durch Buchenwälder und über Heidehügel, hatten sich gefreut über die niederen Häuser, vor denen die Stockrosen blühten wie in Reih und Glied aufgestellte Pfeifenputzer. Sie liebten die dänische Atmosphäre, in der alles so rein und ehrlich schien – klare Linien im Möbeldesign, klare Fenster, die unverhüllt Einblick gewähren. Jetzt war Eberhard seine Forschungsarbeit wichtiger als eine Reise. Aber selbstverständlich sollte Edith sich dadurch nicht ihre Ferien verderben lassen – sie könnte allein fahren, oder würde eines der Kinder sie begleiten? Nein, die hatten andere Pläne mit ihren Freunden. Eberhard redete ihr zu wie einem bockigen Kind: Sie würde auch allein ein Zimmer finden, könnte schwimmen, lesen, sich entspannen in salziger Luft und im Spiel mit den Wellen, am Strand den Sand durch ihre Finger rieseln lassen. Sie ließ ihn ihre Enttäuschung kaum merken, scherzte, wie sie sich die Zeit mit Urlaubsbekanntschaften vertreiben würde. Er setzte sie in den Zug und fuhr zurück in sein Labor.

Seine Forschungen kamen gut voran, bald wurde eine weitere Besprechung in München fällig. Dieses Mal meldete er sich bei Kathi an. Schon am Telefon ließ sie ihn ihre Freude spüren. Sie entfaltete all ihre Kochkünste: Schaschlikspießchen auf Reis, dazu vielerlei Saucen und Salate, dezente, beschwingte Musik. Essen und Wein ließen die Nacht mit der Frau zu einem Fest aller Sinne werden.

Am Tag darauf wanderten sie wieder durch die sommerliche Landschaft. War es nicht hinreißend, ihr zuzuschauen, wie sie sich schwungvoll bewegte, ihr zu lauschen, wie sie mit ihrer tiefen Stimme unaufhörlich munter drauflos plauderte? Er war begeistert und blieb zwei Tage.

Bei seiner Rückkehr nach Norddeutschland sah er sofort, dass Edith ihren Dänemark-Urlaub abgekürzt hatte. Ihr Gepäck stand in der Diele, ihr Reisemantel lag über einer Stuhllehne. Sie selbst war nicht da. Zwei Stunden später kam sie, war ziellos durch die Wälder gerannt, getrieben von der Ahnung seiner Untreue. Sie sagte es ihm auf den Kopf zu. Er konnte es nicht leugnen und erzählte ihr alles.

Merkwürdigerweise nahm sie es ruhig auf. Sie tat, als berühre es sie kaum. Er versprach, es nicht wieder zu tun, sprach mit ihr wie mit einem guten Freund, erklärte, wie alles gekommen war, bat um Verständnis. Sie nahm es auf, als wäre sie betäubt, zeigte mit keiner Miene, was sie empfand.

In den nächsten Monaten lebten sie nebeneinander her, jeder wie unter einer gläsernen Glocke. Sie besprachen das Nötigste, besuchten gelegentlich ihre Bekannten und ihre Kinder, gingen manchmal miteinander spazieren. Niemand ahnte einen Riss in der Ehe. Vielleicht verleugneten sie ihre geheimen Vorbehalte sogar vor sich selbst.

Herbst. Violett hatten Millionen winziger Blüten die sanften Heidehügel verfärbt, noch grünten die Birken zwischen dem braunen Kraut. Die leichte Melancholie der kürzer werdenden Tage kündigte sich an. Eberhards Forschungen waren so weit fortgeschritten, dass er die Ergebnisse mit der Firma in München besprechen wollte. Der Termin ließ sich in Ediths Ferien legen; er wollte ihr zeigen, was er im Süden an Schönheiten in Natur und Kultur kennengelernt hatte, und mehr noch dazu. Aber sie sträubte sich, fand es unerträglich, dass er ihr Orte zeigen wollte, wo seine Gedanken unvermeidlich einer anderen gelten mussten. Er wiederum wollte nicht verzichten darauf, seine Forschungen weiterzuführen – und dafür war die Besprechung in München unerlässlich. All seine Angebote an Edith, für sie ein schönes und originelles Begleitprogramm zu entwickeln, prallten an ihrem Widerstand ab. Nach wochenlangen Versuchen, sie umzustimmen, setzte er einen Termin fest – wenn sie mit ihm reisen wollte, gut; wenn nicht – nun, er versprach, Kathi nicht zu treffen.

Edith fuhr nicht mit. Nach seinen Besprechungen fuhr Eberhard ins Hotel. Am Abend ging er allein in die Oper. Den folgenden Tag verbummelte er vor den Auslagen der Kunstgalerien und im englischen Garten. Er wollte einen Zug am frühen Abend nehmen, kündigte Edith telefonisch seine Rückkehr für den nächsten Morgen an.

Er war schon in der Bahnhofshalle, da kam ihm Kathi entgegen. Er sah sie erst, als er ihr nicht mehr ausweichen konnte. Sie strahlte ihn an. Unmöglich, ihre freudige Überraschung durch eisiges Weitergehen zu enttäuschen. Sie behauptete, es sei Zufall, oder hatte eine seltsame Ahnung sie gerade zu dieser Zeit an den Bahnhof gehen lassen? Nein, selbstverständlich hätte sie sich nicht nach seinen Terminen in München erkundigt. Sie hatte eines ihrer Kinder an den Zug gebracht. Ehe er wusste, wie ihm geschah, saß er trotz seines Widerstrebens mit ihr in einer Gaststätte. Ihm blieben noch zwanzig Minuten bis zur Abfahrt seines Zuges.

Kathi sprach auf ihn ein. Warum hatte er drei Monate lang nichts von sich hören gelassen? Gewiss doch, sie respektierte es, dass seine Frau aufopfernd selbstlos für ihn, für ihren Beruf, für ihre gesellschaftlichen Aufgaben lebte – aber das musste doch nicht ausschließen, dass er nebenher auch andere Freuden genoss! Sie, die Kathi, liebte ihn doch auch, sehnte sich nach ihm, ihr Leben war schal und flach ohne ihn. Es würde ihr ja genügen, wenn er sie ab und zu besuchte, wenn sie ihm dann etwas schenken durfte von ihrer Kraft. Er versuchte, ihren Redefluss zu unterbrechen, ihr klar zu machen, dass auch Edith ihn brauchte, dass deren Wesensart es nicht ertrug, wenn er in zwei Welten lebte. In der norddeutschen Kleinstadt galten einfach andere moralische Maßstäbe, seine Frau war ganz darin gefangen, er selber nicht frei davon. Kathi wollte sich nicht geschlagen geben, versuchte ihn zu halten mit der Kraft all ihrer Liebe zum Leben und mit sanften, unzerreißbaren Fesseln. Als er aufschaute, erschrak er: sein Zug war fort.

Kathi hielt das für nicht schlimm. Er konnte ja telefonieren: Zug verpasst, Ankunft einen Zug später. So blieben ihnen zwei Stunden. Sie könnten irgendwo essen gehen.

Das zog sich hin. Kathi bezauberte ihn, so gut sie konnte, sprach von Ereignissen des Kunst- und Kulturlebens, schwärmte davon, wie schön es wäre, wenn sie ihm ein Nachtcafé zeigen dürfte, wo die Zeit verflog mit

Tanz zu gepflegter Musik. Aus zwei Stunden wurden drei. Schließlich stand er in der Telefon-Kabine der Gaststätte, rief daheim Edith an, erklärte ihr die voraussichtliche Verspätung. Ehe er sich's versah, riss Kathi die Tür auf und rief mit fröhlicher Stimme: „Bitte beeilen, auf der Bühne wird gerade ein großartiger Sketch gezeigt!" Er war wütend, aber er konnte es nicht ungeschehen machen.

Er fuhr um Mitternacht. Schlaflos wälzte er sich auf dem schaukelnden Bett. Er hatte es nicht geschafft, sich von Kathi zu befreien. Ihre vitale Taktlosigkeit fesselte ihn fast noch mehr als früher ihr kenntnisreiches Geplauder. Allzu deutlich hatte sie ihm ihr Bild eingebrannt. Er fürchtete Ediths Blicke voll stummer Vorwürfe.

Von der Diele in Eberhards Haus führte eine Treppe ins Obergeschoß. Ein schönes schmiedeeisernes Geländer sicherte sie und schmückte das Haus. Von den eisernen Ranken herab straffte sich der Gürtel von Ediths Morgenrock; sie hatte sich daran erhängt.

Eberhard stand wie betäubt. Er wusste später selbst nicht mehr wie lange. Als er sie abnahm, war sie längst tot. Er rief den ärztlichen Notdienst und die Polizei. Dann setzte er sich an seinen Schreibtisch. Da lag ein Abschiedsbrief. Sie klagte ihn an: „Du hast unser gemeinsames Leben zerstört. Wir hatten es auf Vertrauen gegründet – ohne das kann ich nicht sein. Du auch nicht. Glück, das im Einklang mit sich selbst besteht, wirst Du nie wieder finden. Sieh zu, wie Du zurecht kommst – ich mag nicht mehr. Edith."

Eberhard stand die rechtlichen Formalitäten und die Beerdigung irgendwie durch. Danach weiter in seinem Haus zu leben war ihm unerträglich. Er fand bald einen Käufer für das schöne Anwesen. Der Kontakt zu seinen Kindern riss ab. Für ihn genügte jetzt eine kleine Mietwohnung, Zimmer mit Kochnische. Im Kreis seiner Bekannten mochte er sich nicht zeigen, allein ihre teilnehmenden Blicke schienen ihm zudringlich. Er verkroch sich ins Labor seiner Apotheke, versuchte, sich mit Arbeit abzulenken. Aber er kam nur langsam voran, die trübe Jahreszeit machte viele Gespräche mit Kunden unabweisbar. Erst im Frühjahr hatte er wieder Ergebnisse, die er in München besprechen wollte. Jetzt versprachen die größeren und besser ausgestatteten Labors der Firma mehr Forschungs-Erfolge als seine kleine Privat-Bastelei. Sie schlugen ihm vor, ganz bei ihnen zu arbeiten und seine Apotheke zu verpachten.

Er hatte Kathi den Tod seiner Frau kurz mitgeteilt und geschrieben, dass er ihre Bekanntschaft vorerst nicht fortsetzen wollte. Aber als er im Frühjahr in München lebte und seine freien Abende nach einer Erfüllung verlangten, ging er eines Tages doch bei ihr vorbei. Sie war nicht zu Hause. Er hinterließ eine Nachricht. Am nächsten Samstag trafen sie sich.

Kathi fühlte sich mitschuldig an Ediths Tod. Die ganze Schuld daran mochte sie sich aber auch nicht zumessen. Gewiss, sie hatte im Gefühl ihres Triumphs jene verhängnisvollen Worte ins Telefon gerufen – aber Ediths Reaktion darauf hatte sie wirklich nicht ahnen können. Obwohl sie eigentlich nicht besonders gläubig war, war Kathi zur Beichte gegangen. Der Priester hatte sie geheißen, für Ediths Seelenheil zu beten und einige Kerzen anzuzünden. Das hatte sie getan. Und jetzt schlug sie vor, mit dem Auto hinauszufahren zur Wieskirche, den herrlichen Bau und die schöne Natur zu bewundern, die Hände zu falten und zu hoffen, dass mildtätiges Vergessen allmählich die Wunden heilen möge. Für Eberhards lutherisches Gewissen war das zunächst ungeheuerlich; aber je länger er darüber nachdachte, desto mehr schmolzen seine Einwände dahin. Schließlich, was war schlimm an einer Fahrt in den schönen milden Frühlingstag? Und wieviel Farbenpracht und Sinnenlust strahlte die herrliche Barockkirche aus! Das Bewundern von so viel Schönheit ließ verhaltene Hoffnungen auf kommenden Einklang keimen.

Opern, Konzerte, Theater, Kunstausstellungen – Eberhard und Kathi gingen oft miteinander aus. Danach ein Glas Wein – anfangs in einer Gaststätte, nach einiger Zeit in ihrer Wohnung. Und dann blieb er über Nacht.

Kathi erhielt ein Angebot, in einer Hamburger Kunstgalerie zu arbeiten. Sie zögerte: Wären die Menschen und die Verhältnisse dort nicht allzu verschieden von denen in München? Eberhard beriet sie, zeigte ihr und ihren Kindern zwei Wochen lang die Schönheiten Hamburgs, der Unterelbe und der Ostseeküste. Da sie im Norden wesentlich besser verdienen würde, entschied sie sich schließlich für den Ortswechsel. Eberhard würde für seine Forschung noch mindestens ein Jahr in München bleiben müssen.

Er lebte dort sehr einsam. Es gelang ihm nicht, einen Bekanntenkreis aufzubauen. Auch die vielen kulturellen Veranstaltungen halfen ihm nicht aus seiner Isolierung heraus. Ab und zu besuchte er Kathi in Hamburg.

Aber eines Tages erklärte sie ihm, seine Besuche kämen allzu selten. Sie hatte Freunde gefunden, die ihr jetzt mehr bedeuteten als er. Nein, sie wollte die Bindung zu ihm nicht dauerhaft machen. Eberhard fühlte: einen Kampf um Kathi konnte er nicht gewinnen.

Einmal fuhr er ins Heidestädtchen, versuchte, seine alten Bekanntschaften zu erneuern; er fühlte eine seltsame Befangenheit. Er war dort ein Fremder geworden. Sogar ein Besuch in seiner alten Apotheke verlief enttäuschend: Sie zeigten ihm, dass sie gut ohne ihn auskamen.

Er trat hinaus auf die Straße. Ortlos war er geworden. Er mochte Reisen machen und vielerlei sehen – nirgends gehörte er mehr dazu. Und er wusste: So würde es bleiben für den Rest seines Lebens.

Abgesondert

Ja, sagte der alte Herr, die Bundesregierung ließ unsere Siedlung in den 80er Jahren bauen für Leute, die ihr wichtig waren – Beamte, wissenschaftliche Berater, Ministeriale. In einem Frühjahr zogen wir ein, alle annähernd zur gleichen Zeit. Wir lernten einander in der neuen Nachbarschaft schnell kennen, und das mussten wir auch, einige von uns waren durch Terroristen bedroht. Selbstverständlich grüßten wir uns, wenn unsere Chauffeure und Bewacher uns abholten oder wenn wir zu unserer Gemeinschaftsgarage gingen. Wir bildeten fast eine große Familie. In der kurzen, übersichtlichen Stichstraße spielten die Kinder, oder sie tobten in einem der vielen Gärten miteinander herum.

Nur ein Ehepaar sonderte sich ab. Wenn man diesen Wissenschaftlern begegnete, taten sie, als ob sie uns überhaupt nicht bemerkten. Sie lebten völlig abgehoben in ihren eigenen Sphären und gingen über die Straße, als steckten sie in großen Seifenblasen. Andere Leute besprachen, wie wir die noch neuen Gärten anlegen wollten, und wie wir die Schulfahrten der Kinder am besten miteinander organisierten. Mehr als ein Dutzend tollten da herum – aber die zwei Kinder der Wissenschaftler waren nie dabei; eigentlich fast ein Wunder, dass sie überhaupt welche hatten und nicht nur reiner Geist waren. Aber von den zweien merkte man nichts – kein Spiel, kein Lärm, nicht mal ein leises Singen für sich. Eine Haushälterin versorgte sie, brachte sie oft fort.

Wir hatten uns schon fast an die seltsame Abkapselung dieses Paares gewöhnt, da sprach der Mann mich kurz vor Weihnachten unvermittelt an. Zuerst druckste er ein bißchen herum, weil seine Frau und er uns ja nie gegrüßt hatten, und er entschuldigte sich – sie hätten die Köpfe immer zu voll mit ihren Problemen, er als Mathematiker, sie als Molekularbiologin. Und dann sprach er von Weihnachten, das würde in Deutschland ja als Fest der Familien gefeiert. Seine Frau und er seien in internationalen wissenschaftlichen Gemeinden aufgewachsen, Japan, Australien, Sao Paulo, Kalifornien und anderswo, immer nur für wenige Jahre – deutsche Eltern hin oder her, eine Verwurzelung in irgendwelchem Brauchtum hatte es da nicht geben können. Er empfand es als schade, dass sie beim besten Willen ihren Kindern kein richtiges Weihnachten bieten konnten. Seine Frau und er konnten sich aus ihrer Kindheit kaum an so etwas erinnern; ob seine Kinder vielleicht mit uns feiern dürften? Und wenn wir ihnen etwas schenken wollten, würden sie gerne die Kosten dafür übernehmen.

Ich habe zuerst wohl recht verdutzt gekuckt. Gibt es nicht auch in wissenschaftlichen Gemeinden wenigstens ein paar menschliche Kontakte? Und fremde Kinder als Weihnachtsgäste – weiß man denn, was die sich wünschen, was die interessiert? Aber dann habe ich es doch mit meiner Frau besprochen. Wir dachten, für die Kinder würde es auf jeden Fall eine wertvolle Erfahrung, und sie konnten im Alter zu unseren fünfen passen. Und vielleicht würden dann auch diese seltsamen Nachbarn allmählich auftauen.

Also kamen die Kinder am Heiligen Abend zu uns. Sie schauten mit großen Augen den Lichterbaum an. Als wir Weihnachtslieder sangen, hörten sie zu – sie mussten ja aus der Schule Texte und Melodien kennen, aber sie blieben stumm. Wir nahmen sie an den Händen, streichelten sie – sie ließen das geschehen, als wäre es ihnen völlig fremd, kaum erwiderten sie den Druck einer Hand. Fast war es, als fürchteten sie, eine Bindung aufzubauen, von der sie ahnten, dass sie doch nicht für lange bestehen könnte. Unsere packten die Geschenke aus, die sie sich gewünscht hatten – Puppen mit Kleidern, Lego-Spielzeug, Malsachen und so weiter; sie spielten in dem heillosen Chaos aus Kartons, buntem Papier, herumliegenden Bändern und Schnüren. Den zwei fremden Kindern hatten wir jedem eine schöne Handpuppe besorgt; meine Frau nahm eine Puppe, ließ sie als Mutter sprechen: „So, heute bleibe ich bei dir, ich erzähle dir eine schöne Gute-Nacht-Geschichte!" Der kleine Junge schaute verständnislos: „Was ist das?" Meine Frau erzählte das Märchen vom tapferen Schneiderlein – dem kleinen Jungen war alles eine fremde Welt. Was war überhaupt ein Schneider, und weshalb war der so stolz, als er sieben Fliegen auf einen Streich totgeschlagen hatte? War es nicht schade um das schöne Tuch, das jetzt voll Marmelade und toter Fliegen war? Überhaupt, die Fliegen wurden doch gebraucht als Versuchsobjekte! Wir schüttelten die Köpfe. Ich drückte dem kleinen Mädchen die Vater-Puppe in die Hand, bat sie, mit der zu sprechen – sie sagte nur: „Hoffentlich spuckt dein Rechner heute gute Lösungen aus!" Nichts zeigten die Kinder von sich, sagten nur ja, nein oder weiß nicht. Wenn unsere Kinder oder wir sie ansprachen, antworteten sie nur ganz wenig. Trotzdem dachten wir, das Eis könnte brechen, wir müssten nur geduldig warten.

Am Silvesterabend hatten die Wissenschaftler wieder weder Zeit noch Gedanken für ihre Kinder. Weiß der Teufel, wo die Eltern den Abend verbringen mochten – sie sagten, sie müssten jede freie Stunde vor ihren Großrechnern in ihren Labors sitzen. Wir machen an Silvester immer allerlei Spiele, lassen Nussschalen-Schiffchen mit Kerzenstummeln drin schwimmen, um auszuforschen, was das neue Jahr bringen mag – Erfolg oder Faulheit, Schönheit oder Reise. Jedes unserer Kinder zappelt dabei vor Aufregung: wird sein Schiffchen landen bei Freundschaft oder Einsamkeit, bei Büchern oder bei Abenteuern? Die fremden Kinder verzogen kaum eine Miene, als sie das Wasser umrührten und ihre Schiffchen einsetzten, verfolgten die Fahrt ihrer Schiffchen scheinbar teilnahmslos – oder taten sie nur so, als würde das Orakel sie nicht interessieren? Die Nussschale des achtjährigen Mädchens landete bei Liebe – wir erklärten ihr, dass ihre Mama oder ihr Papa sie vielleicht öfter in den Arm nehmen, ihr einen Kuss geben würden; sie schien nicht zu verstehen, wovon wir sprachen. Als die Nussschale des sechsjährigen Jungen auf „Reise" landete, drückte er sie unter Wasser, so dass die Flamme erlosch.

Wir gossen Blei, deuteten die im kalten Wasser entstehenden Figuren; saß da ein Vogel auf einem Nest? Nein, das war ja doch nur ein bißchen Metall mit seltsamen Mikro-Strukturen. Und der dicke Klumpen am Ende einer langen dünnen Rute – war das ein Geldsack am Ende einer Reise? Die fremden Kinder schauten gelangweilt. Kannten diese Kinder weder Freude noch Enttäuschung? Sie zeigten nichts davon, auch nicht, als wir um Mitternacht vom Balkon aus ein in der Nachbarschaft abgebranntes Feuerwerk anschauten.

Wenige Tage nach Neujahr war alles fast wie früher – doch auf der Straße erwiderten der Mann und die Frau jetzt flüchtig einen Gruß, wie geistesabwesend; die Kinder huschten davon wie ungreifbare Schatten. Auch die Haushälterin war unnahbar. Wir baten die Leute mehrmals, an einem Abend ein Glas Wein mit uns zu trinken – sie lehnten höflich ab, leider hätten sie gar keine Zeit. Sie lebten wie in Zellophan-Tüten, durch die man zwar schauen, aber nicht sprechen und nicht fühlen kann. Sie taten, als hätten sie den Versuch einer weihnachtlichen Annäherung vergessen. Fast ein Jahr lang kaum ein Wort. Im Spätherbst zogen sie fort, ohne Abschied. Der Grenzschutz teilte uns mit, sie seien in Amerika, blieben aber Besitzer des Hauses. Mehr durften wir nicht erfahren – Sicherheitsgründe. Wir haben nie wieder von ihnen gehört.

Indianerjungen weinen nicht

Sonntag Abend. Eine Gaststätte am Stadtrand. Im Garten bestellen wir eine Pizza. Am Nebentisch ein junges Paar, sie vielleicht Ende Zwanzig, er Anfang Dreißig. Er presst ihre bloßen Schultern, sie, bald ihn anblickend, bald die Augen niederschlagend, streichelt seine Arme. Zwei kleine Jungen spielen im Hintergrund mit einer Katze. Der größere kommt herbeigerannt, fuchtelt wild mit den Händen, zeigt immer wieder auf den jungen Mann: „Du, du, du, du!" Das Paar lacht mit den Kindern, dann wollen sie doch lieber im Innern des Hauses essen, im September wird's ja früh dunkel.

Nach einigem Warten kommt unsere Pizza. Plötzlich steht wieder der kleine Junge da, sagt: „Dunkel. Sonne weg."

Meine Frau: „Ja, Sonne weg. Auch kein Mond da."

Er: „Kein Mond da."

Sie: „Der kommt später. Aber Sterne. Siehst du die kleinen hellen Punkte?"

Er: „Helle Punkte."

Sie: „Willst du noch nicht schlafen?"

Er: „Nicht schlafen. Mama dinnen."

Umständlich kramt er aus seiner Hosentasche einen Lutscher. Vergeblich bemüht er sich, ihn aus dem Papier auszupacken.

Meine Frau: „Soll ich dir helfen?"

„Helfen."

Er setzt sich zu uns, streckt den Lutscher her.

„Wie heißt du denn?"

„Matthias."

„Das ist aber ein schöner Name."

Auf einmal sitzt auch der Ältere bei uns am Tisch.

„Du, das ist mein Bruder!"

„Ja, der heißt Matthias. Und wie heißt du?"

„Martin."

„Gehst du schon in die Schule?"

Kopfschütteln.

„Wie alt bist du?"

Er zeigt die fünf Finger seiner Hand.

„Und wo gehst du in den Kindergarten?"

„In den neuen Kindergarten am Grabenäcker."

„Habt ihr eine nette Kindergartentante?"

„Das ist keine Tante, das ist die Frau Ohlsen."

„Spielt sie schön mit euch?"

„Ja, die ist okay. Wir dürfen viel malen."

Martin kramt jetzt auch einen Lutscher aus der Hosentasche, reicht ihn zum auswickeln.

„Du, ich hab' zwei Lutscher!"

„Dann kannst du ja einen jetzt lutschen und den anderen morgen früh mitnehmen in den Kindergarten."

„Nee, dürfen wir nicht, sonst gibt es Streit."

„Na, dann wohl besser nicht. Von wem hast du denn die Lutscher?"

„Vom Dieter."

„Ist das dein Papa?"

„Nee, das ist Mamas Freund. Mein Papa ist weit weg."

„Aber der Dieter ist hoffentlich auch nett zu euch!"

Pause. Dann plötzlich: „Du, der Mann im Fernsehen lügt manchmal!"

„Wann denn?"

„Wenn er sagt, es wird regnen, und dann wird es schön warm!"

„Auf jeden Fall besser so herum, als wenn er sagen würde, es wird schön, und dann wird es kalt. Meinst du nicht auch?"

„Ja. Aber Regen macht mir nichts. Dann sind wir im Kindergarten und malen den Regen."

„Bringt deine Mama dich immer in den Kindergarten?"

„Ja, aber mit ihrem Auto, nicht mit dem weißen da. Das gehört dem Dieter."

Eine Zeitlang nichts. Dann auf einmal: „Du, Indianerjungen weinen nicht!"

„Wo hast du denn schon mal Indianerjungen gesehen?"

„Im Fernsehen. Du, die weinen nicht!"

„Du hast doch vorhin gesagt, der Mann im Fernsehen lügt manchmal, beim Wetter. Kann's nicht auch sein, dass der Film lügt, wenn er meint, Indianerjungen weinen nicht?"

Martin muß lange nachdenken. Und ich sage noch einmal: „Weißt du, ich war mal bei den richtigen Indianern, nicht nur im Fernsehen. Die dürfen auch weinen, wenn ihnen danach ist. Und das ist manchmal auch besser."

Jetzt kommen die Mutter und der Dieter zurück in den Garten, sehen die Kinder bei uns am Tisch, holen sie ab. Lachend sagen wir: „Wir haben schon alles erfahren!"

Dieter trägt Matthias zum Auto, die Mutter nimmt Martin bei der Hand. „Einen schönen Abend noch!"

Und wir sagen zu Martin: „Ganz bestimmt: Indianerjungen dürfen auch weinen!"

Computer-Fritzchen

Ach, wer hört' nicht schon von Knaben
welche ihre Geistesgaben
eifrig an Computern üben
weil die Eltern fern geblieben.
Fritzchen sitzt so manche Stunden
nur mit dem Programm verbunden;
klickt die Tasten seiner Maus,
ist auf Abenteuer aus.
Und sein Held, der Supermann,
zeigt am Bildschirm, was er kann:
überwindet Hindernisse
und fällt immer auf die Füße.
Fritzchen, wie so manche Knaben
möchte sich am Anblick laben
von verruchten Porno-Bildern
die verbot'ne Dinge schildern.
Wer die richt'ge Nummer wählt
kriegt die Lustschau zugemailed
und die Eltern, leicht entsetzt
zahlen das zu guter letzt.
Oder, mit noch mehr Vergnügen,
kann Fritz Machtgefühle kriegen,
denn wie man die Feinde killt
zeigt ihm sein Computer-Bild.
Freilich, hat man's einmal raus
ist bald das Vergnügen aus
und man tüftelt, klickt und klackt
wie man Fremdprogramme knackt.
Bald kann man mit coolen Blicken
ein ins Internet sich klicken.

Mensch! Dies ist die tolle Nummer
eines Bankers! ob der Kummer
kriegt, wenn wir versuchen
heimlich etwas abzubuchen?
Nee, der hat's und merkt es kaum!
Fritz erfüllt sich einen Traum:
bei der Bank sein Konto wächst
Hokuspokus! Fritzchen hext.
Seine Eltern, brav und bieder,
legen wochenends sich nieder,
schlafen ruhig, fest und gut
fragen nicht, was Fritzchen tut -
und den packt der Übermut:
rasch fährt er nach Amsterdam
weil er das bezahlen kann.
Ein paar Pfeifchen kifft er auch
und genießt den Haschisch-Rauch.

Leicht ist es, im Internet
anzuklicken einen chat -
lieber mit den Fernsten plaudern,
als vor seinen Nächsten schaudern.
Doch was hilft's! Die Welt ist öde,
alle andern Menschen blöde!
Mag man jemand gar nicht leiden
kann man ihm Verdruss bereiten:
schickt ihm Virus-Mail ins Haus
löscht seine Programme aus.
Was bloß tun vor Langeweile
wenn die Welt zerfällt in Teile?
Weiter in Computern hacken
und im Internet mit Macken

andere Programme impfen?
Mag doch die Finanzwelt schimpfen!
Wenn es an den Börsen kracht
Fritz vor Spaß halbtot sich lacht.
Könnte man, des Spaßes wegen,
auch Programme von Strategen
nicht auch hackerisch zerlegen?
Wie wär's, wenn dem Pentagon
'ne Rakete flög' davon?
Mensch, wär das nicht super-cool
wenn hier Fritz von seinem Stuhl
eine Welt, die schon verrottet
durch Atomkrieg schnell verschrottet!
Auch sich selbst? was liegt daran!
Tut doch jeder, was er kann!
Doch bevor Fritz Tasten drückt,
er nach einem Mädchen blickt:
soll auch sie in Flammen sterben,
im Atomkrieg ganz verderben?
Oder soll die Welt er schonen
falls sie seine Gnad' will lohnen
und mit lächelndem Gesicht
freundlich einmal zu ihm spricht?
Ach, wir alle sind auf diesen
lieben Blick jetzt angewiesen:
Denn wenn dieses Kind nicht lacht
taucht die Welt in düstre Nacht
und wird einfach umgebracht.

Der gefangene Hephaistos

Der gewalttätige Gott der Schmiede ließ seinen Amboss dröhnen. In seiner Werkstatt tief unter dem Vulkan schlug er aufs Eisen, selber nicht wissend, was daraus werden mochte – vielleicht ein Pflug, vielleicht das Gestänge einer ungeheuren Maschine, vielleicht das Abbild eines gewaltigen Stiers. Ungeschlacht wie er war, achtete Hephaistos nicht auf eine Botin der Götter, die vom Himmel herab zu ihm trat. Mühsam gelang ihr's, ihn innehalten zu machen.

„Apollon sendet dir den Auftrag, aus Stäben einen Käfig zu machen – so stark, dass selbst du ihn nicht verlassen könntest, wärest du darin eingeschlossen!"

„Wofür braucht er solch ein Gefängnis?" brummte Hephaistos.

„Kein Wort hat er darüber gesagt, mir nur befohlen, es dir auszurichten." Ärgerlich knurrte Hephaistos in seinen Bart, eigentlich hatte er keine Lust, ausgerechnet für Apollon zu schaffen – aber sein Tatendrang hatte gerade kein anderes Ziel; und so bequemte er sich, Erfindungskraft und Muskelstärke an diesen Auftrag zu wenden. Er arbeitete ohne Pause, und pünktlich zur nächsten Ratsversammlung der Götter schleppte er den großen Käfig auf den Olymp. Apollon nickt wohlgefällig.

„Es scheint eine vorzügliche Arbeit zu sein", bemerkte er sinnend. „Könntest du uns zeigen, dass wirklich selbst du nicht imstande bist, den Käfig zu verlassen, wenn du darin eingesperrt bist?"

Hephaistos ließ sich bereden, in den Käfig zu treten, Apollon schloss ihn ein – und gefangen war er in seinem eigenen sinnreichen Werk. Er flehte Apollon an, ihn wieder hinauszulassen, aber der grinste nur: „Deine eigene Arbeit umstellt dich, und so wie dir geht es den Menschen. Abgeschnitten hast du dich von allem Lebendigen – nun warte, ob ich dir die Gnade erweise, dir ein Spielzeug für deine Langeweile zu reichen!"

In ohnmächtiger Wut knirschte Hephaistos mit den Zähnen; arbeitslos saß er im Käfig gefangen. Apollon ließ alle neun Musen vor dem Käfig tanzen, ein wenig Unterhaltung wollte er ihm doch bieten – aber Hephaistos brütete finster vor sich hin. Untätig zu sein schien ihm das Schlimmste aller Übel.

In seiner Qual bat er Apollon, ihm doch wenigstens einige Werkzeuge durch die Gitterstäbe zu reichen – aber Apollon durchschaute die List, dass Hephaistos sich Mittel schmieden könnte, sein Gefängnis zu sprengen. Er gab strenge Anweisung, dass weder ein Gott noch ein Mensch dem Gefangenen etwas hineinreichen dürfe.

Nahe dem Käfig wuchs ein Strauch, giftgrün berauschend die Blüten, zu wilder Wut erregend die Früchte. Hephaistos beschwor den Strauch, einige Zweige zu ihm durchs Gitter zu strecken. In nichtsahnender Unschuld tat der es, und der Schmied pflückte Blätter und Blüten. Die trocknete er und versteckte sie. Und eines Tages, als Apollon zu ihm trat, entzündete er seinen Vorrat mit seinem Feueratem und bließ den Rauch Apollon ins Gesicht. Benebelt schwankte der Gott, er wusste nicht was er tat, lehnte sich gegen das Gitter – leicht war's für Hephaistos, ihm den Schlüssel zu entwinden und die Tür seines Käfigs zu öffnen. Frei war er, und er verlangte nach Rache – hatten doch alle Götter seine Gefangenschaft geduldet! Jetzt sollten sie alle büßen dafür! Er stürmte davon, hinab in seine finstere Werkstatt.

In rastloser Wut schmiedete er Waffe auf Waffe, eine immer boshafter und vernichtender als die andere. Vergebens beschworen ihn die Götter, aufzuhören mit dem verderblichen Tun – während seiner langen erzwungenen Ruhe hatte so viel Hass sich in ihm gestaut, jetzt drängte alles ihn zu blinder Gewalt. Großzügig verschenkte er Waffen an alle, die welche wollten – Kluge und Toren, Götter und Menschen. Als es ihm genug schien, dankte er dem Strauch für seine Befreiung – er bließ Rauch von dessen Blüten und Früchten hin über die Städte der Menschen. Benebelt wussten die nicht was sie taten; sie fielen übereinander her, die Götter ergriffen Partei, die angehäuften Waffen verlangten nach Verwendung – in einem schrecklichen Krieg löschten Menschen und Götter sich gegenseitig fast aus. In seiner unterirdischen Werkstatt lachte Hephaistos – nach all der Vernichtung würde es endlich wieder Arbeit geben für ihn.

Es langt

„Nein, also jetzt langt's! Karl, du kennst mich seit vielen Jahren. Du weißt, ich hab mich nie gedrückt vor der Drecksarbeit. Wenn Unfallopfer von der Straße aufzusammeln waren, wenn sich in den Wirtschaften Streithähne rauften, wenn in Familiendramen die Leute mit Messern und Revolvern aufeinander losgingen, ich bin hingefahren und hab' für Ruhe und Ordnung gesorgt. Es war ein harter Job, ich hab's gemacht, und ich hatte auch Freude dran. Und jetzt bin ich sechzig, und nach dem was ich gestern erlebt habe hab' ich die Nase voll. Ich geh in Pension.

Du weißt ja, gestern wurden wir zum Rathaus gerufen, der Maier und ich sind hingefahren. Die Hochzeitsgesellschaft war gerade rausgekommen, im Schatten der Bäume boten sie Sekt an, in kleinen Gruppen schwatzten die gut gekleideten Leute auf dem Platz. Und wie man uns gesagt hatte, torkelten die angetrunkenen Skins dazwischen herum, grölten, pöbelten die Leute an und befingerten sie, griffen hemmungslos nach den Häppchen auf dem Tisch, wir kennen ja unsere Freunde.

Der Maier und ich, wir haben sie ermahnt, wenn sie mal heiraten würden, hätten sie ja wohl auch nicht gern ungebetene Gäste; sie rissen die Mäuler auf, die üblichen Sprüche, Scheißbullen und Arschwichser, wir sollten uns da nicht einmischen, es ginge uns nichts an, wir sollten lieber mit ihnen saufen, sie wären nun mal gerade in der Stimmung zum feiern, warum sollten sie sich nicht mit dem Sekt und den leckeren Sachen bedienen. In der Überzahl fühlten sie sich stark, und sie wollten uns provozieren; nun langten sie erst recht kräftig zu. Als ich mir einen griff, packte ein anderer meinen Arm. Natürlich bekam er schnell meinen Ellenbogen ins Gesicht. Ein dritter stürzte mit erhobenen Fäusten auf mich zu und landete ziemlich unsanft auf dem Straßenpflaster. Der Maier hielt einen im Schwitzkasten, den setzte ich erst mal außer Gefecht. Und dann standen wir da, zwei gegen sechs, und erwarteten ihren Angriff.

Du weißt, ich bin einigermaßen sportlich, aber in meinem Alter kommt man doch schon ein bißchen schneller ins Schnaufen. Immerhin, in der

Hochzeitsgesellschaft waren ein paar kräftige junge Männer, wenn die sich zu uns gestellt hätten, hätten die Kerle sich ja vielleicht getrollt. Aber als ich zu denen rüberschau, denk' ich mich rührt der Schlag: die jungen Herren rauchten, erzählten sich, die feinen Damen kehrten uns den Rücken zu, als ginge sie alles nichts an, und ein Mann hat doch wahrhaftig 'ne Videokamera in der Hand und will filmen, wie wir uns prügeln, und er ist noch so unverschämt und ruft mir zu, ich soll nur kräftig draufhaun und auch meinen eigenen Kopf hinhalten, er will den Film noch auf der Silberhochzeit des jungen Paares zeigen.

Also das darf doch wohl nicht wahr sein! Alles was recht ist: für die Leckereien dieser feinen jungen Pinkel soll ich mich als Sechzigjähriger noch mit den Skins rumprügeln? Und zum Dankeschön soll die Prügelei später als Unterhaltungsfilm gezeigt werden? Nee, was zu viel ist ist zu viel. Der Maier und ich, wir kuckten uns an und machten, dass wir zum Streifenwagen kamen, immer bereit uns notfalls zu wehren. Natürlich gab's ein großes Gegröle und Gepfeife. Die Skins rannten vor, jeder schnappte sich eine Sektflasche, und dann schmissen sie den Tisch um, dass die Scherben nur so klirrten. Wir waren froh heil ins Auto zu kommen. Die Hochzeitsgäste standen da wie die begossenen Pudel.

Wir forderten Verstärkung an. Auf dem Revier sagte man uns, es seien leider alle wo anders im Einsatz, wir müssten allein fertig werden. Früher hätte ich das vielleicht versucht – aber allmählich bin ich zu alt dafür. Und der Anlass ist's mir nicht wert – dafür setz' ich meine alten Knochen nicht aufs Spiel. Nein, wirklich nicht, Karl. Mein Beruf hat mir sonst Freude gemacht, aber jetzt langt's. Ich will meine Rente und meine Ruh."

Dichte Hecke

Ein Mann ging eine Straße entlang und pfiff eine kleine Melodie vor sich hin. Er liebte es, das zu seinem Vergnügen zu tun – er pfiff sie einmal, ein zweites mal, wandelte sie ab in Dur und Moll, verlangsamte sie und erfand weitere Variationen. Plötzlich ging ihm ein Schuhbändel auf, und während er sich bückte, es wieder zu binden, unterbrach er sein Pfeifen. Da hörte er, wie in einem Garten auf der anderen Seite der Straße seine Melodie nachgepfiffen wurde.

Durch die dichte Hecke hindurch konnte er niemand erkennen. Er ging zu der Stelle, wo ein Weg zum Eingang des Hauses führte, verrenkte sich dort fast den Hals – doch der Pfeifer (oder war es eine Pfeiferin?) war nicht zu sehen, mußte hinter der Hausecke verborgen sein. Zu gerne wäre der Mann eingetreten – aber was hätte er sagen sollen? „Sie pfeifen meine Melodie nach?" Aber war es denn seine Melodie, nur weil er sie zuerst gepfiffen hatte? Vielleicht hatte er irgendwann einmal eine ähnliche Folge von Tönen gehört, nun waren sie ihm wieder in Erinnerung gekommen, er hatte sie abgewandelt, ja – aber durfte er deshalb von seiner Melodie sprechen? Und jener Unbekannte, der die Töne nachgepfiffen hatte – konnte er (oder sie) nicht sagen, der Wind habe ihm etwas zugetragen, er habe es nur aufgenommen? Nein, er hatte eigentlich kein Anrecht auf die Melodie, er so wenig wie der oder die andere. Aber vielleicht zeugte ihrer beider Freude daran von ähnlicher Gestimmtheit, von Empfänglichkeit für gleiche Schwingungen. Konnte er nicht einfach hingehen und fragen: „Entschuldigen Sie, ich hörte Sie pfeifen, das sprach mich an, was für ein Mensch sind Sie?" Würde dann nicht der oder die andere ihn groß anschauen und ihn für übergeschnappt, zumindest für sehr zudringlich halten? Und selbst wenn er es nicht täte, wer würde schon einem völlig Fremden sagen: „Ich bin einer, der dieses oder jenes mag oder nicht mag, dieses oder jenes gern tut oder nicht, mit diesem oder jenem Menschen sein Denken und Fühlen zu teilen bereit ist oder nicht." Nein, so mit der Tür ins Haus fallen konnte man nicht – aber gab es einen Vorwand, die Bekanntschaft des anderen zu suchen? Wie, wenn er läutete und nach einem erfundenen Namen um Auskunft fragte? Er würde wenigstens die Gestalt des anderen sehen, seine Stimme hören, seine Sprechweise. Und dann? „Bedaure, aber den Herrn Müller, nach dem Sie fragen, kenne ich nicht, vielleicht erkundigen Sie sich im Laden unten an der Ecke." Dann stünde er da und wüsste nicht weiter. Nein, er müsste es anders machen. Was für ein Name stand auf dem Türschild? Braun. „Guten Tag, Herr Braun, ich las in der Zeitung, Sie wollen ein Zimmer vermieten, darf ich das anschauen? Ein Irrtum? Wie schade! Aber vielleicht wäre es doch möglich?... Ihr Haus sieht so freundlich aus, die Blumen in den Fenstern, und ich hörte Sie pfeifen..."

Und dann würde sich zeigen, ob den anderen das Pfeifen frei und leicht gemacht hatte wie ihn selbst, so dass er bereit war, im Sprechen sich zu öffnen für eine neue Bekanntschaft. Aber war er selbst denn wirklich dazu bereit? Würde er dem anderen sagen können: „Ich pfiff die Melodie zuerst, weil ... ja, weil ich mich an den Tönen freute, weil sie Fröhlichkeit und Melancholie ausdrücken, weil mir gerade so zumute war, und ich wollte sehen, ob auch Sie so empfanden." Und dann? Vielleicht würde der andere freundlich nicken, ihm eine Blüte oder ein Blatt reichen, sagen: „Wir verstehen einander" – und damit wäre es gut und die Welt wäre ein bißchen reicher. Oder er würde sagen: „Ich pfiff das nur so, es hatte keine Bedeutung, ich wünsche Ihnen einen guten Tag!" Oder vielleicht wäre er am Ende gar ärgerlich über die Störung.

Immer noch stand er sinnend am Gartentor. Sollte er nun läuten, oder sollte er nicht? Gerade an diesem Samstagvormittag drängten ihn keine Geschäfte, ihn hinderte kein Mangel an Zeit – und doch, wieviel Überwindung war nötig, um mit einem so billigen Vorwand ein Gespräch zu beginnen. Sollte er gegen alle herkömmlichen Sitten verstoßen, sich möglicherweise lächerlich machen? Zögernd näherte er seine Hand der Klingel und senkte sie wieder. Er konnte sich nicht entscheiden...

Maskenspaß

„Als Hexe werde ich den Leuten zeigen was ich kann!" Betty hob ihre kleine Faust und drohte ihrem Mann. „Ihr betrachtet mich alle als ein exotisches Püppchen, aber wartet nur, ich werde euch's zeigen!"

„Mach dich nicht zum Narren!" schalt ihr Mann. „Du sprichst nicht wie die Leute hier, du denkst nicht wie sie; wenn du eine schwarzwälder Hexe sein willst, wird jeder gleich merken, dass das nicht echt ist!"

„Warum müsst ihr Deutschen selbst Fasnacht so furchtbar schwer nehmen!"

Ihr Mann legte seine Stirn in Falten. „Ich kann nicht anders, ich bin halt so. Und als Lehrer muss ich ernst genommen werden. Wenn meine Frau sich zum Narren macht, werden die Leute die Achtung verlieren, auch vor mir!"

Betty war Deutsch-Brasilianerin. Mit ihrem Mann, einem gebürtigen Schlesier, war sie in den kleinen Kurort gezogen. Sie fühlte sich einsam unter den dunklen Tannen und den zurückhaltenden Menschen. Sie suchte Kontakte, arbeitete als Sekretärin bei einer Heilpraktikerin, lernte die schwarzwälder Mundart.

Betty schaute auf die handgeschnitzte hölzerne Hexenmaske an der Wand. Zahllose Lachfältchen umgaben die kleinen Augenlöcher, rot leuchteten die Bäckchen, auf der linken Seite des Kinns prangte eine dicke braune Warze, im schrägen, halb geöffneten Mund schimmerte ein einzelner, gelblicher Zahn. Der Mund grinste, spöttisch, ironisch, nicht böse, doch als wolle er sich lustig machen über die Torheit der Menschen.

Betty lieh einen alten Rock und eine alte Jacke von der Nachbarin. Einen Reisigbesen konnte sie leicht von dem Bauern bekommen, bei dem sie alle zwei Wochen Eier kaufte. Auch ein altes Kopftuch ließ sich finden, und ein Korb, in dem ein paar Gutsele den „Beschenkten" Saures geben sollten.

Für den Fasnachtsmontag nahm Betty Urlaub. Sie wusste, um zehn Uhr würde ihre Chefin mit einer Gruppe älterer Patienten im Unterrichtsraum sitzen. Kaum war ihr Mann wie immer in die Schule gegangen – in diesem streng evangelischen Ort war an schulfrei nicht zu denken – da band Betty sich einen Buckel aus zusammengelegten Kissen auf den Rücken, verkleidete sich mit der alten Jacke und dem geflickten Rock, schnürte die Maske vors Gesicht und band das Kopftuch um – seltsam mischte sich dessen Duft mit dem Geruch aus den verschwitzten alten Klamotten. Und niemand konnte sie so erkennen. Mit dem Reisigbesen in der Hand eilte sie zum Haus ihrer Chefin.

Die Patienten saßen im Kreis, als Betty mit dem Besen ans Fenster klopfte. Erschrocken zuckten sie zusammen, als sie draußen die Hexenmaske sahen! Nur einen Augenblick, wie ein Spuk war sie da. Aber gleich darauf sprang die Hexe mit einem Satz in das Zimmer, duckte sich kauernd, blickte schräg nach oben in die Runde, griff der Physiotherapeutin unter das Kinn. „So, nu welle mer ällemol die Leut inschpiziere!" krächzte die Hexe mit unnatürlich verstellter hoher Stimme. „Du, Frau Chefin, was hesch du blo afange mit denne alte Wieber! Da schwätzesch denne was vor, wenn du se an de Fieß drucksch, denn solln de Rückeschmerze verschwinde! Wenn du des kasch, denn bischt du die allergröscht Hex hier! Sapperlot, wo hesch du dir denn solche Kunschtstückle beibringe lau?"

Die Chefin lachte. „An der medizinischen Akademie in Konstanz!"

„So so! Und die hohen Herren do hän alle Wisheit mit Löffeln gfresse! Nur wenn's dich selber im Bein zwickt, dann kasch au nix mache. Und zeig bloß mal dinen Daumen! Was! Isch der breit! Sell kommt davo, wenn du de Lüd ihre Fieß immer platt drucksch! Und nu kasch nimmer schreiben und setztsch ällemol nur dinen Daumen unter die Brief!" Die Hexe wandte sich der zunächst sitzenden Patientin zu. „So, nu mol runter mit die Schuh und die Schtrümpf, mir müsse die Fieß agucke! Was! Schwarz sind se, und schtinke tun se au! Ja wo kummsch du denn her? – Aus Gelsenkirchen? Do isch des ja kein Wunder, wenn dine Fieß schwarz sind wie Kohle! – Und du? Bischt du au aus Gelsenkirchen? Nein? Aus Berlin? Ja sag mol, mit denne Schuh, da kasch ja auf der Havel und der Elbe bis nach Hamburg hin schippern! Und dine Ärm? Kasch die noch hochheben? Nein? Ja, das wirsch früher wohl z' oft don hän, wenn du Heil geschrien häsch!" Zu einer anderen Frau: „Ja was hinksch du denn so? Häsch du dine Schtrapse zu fest azogen, dass dir's Bein kürzer isch?" Und so ging das weiter. Fast glaubten die Patienten wirklich an Hexerei, so genau wusste die Hexe Bescheid. Nach mehr als einer halben Stunde spendierte sie noch für jeden in der Runde ein Schnäpsle, und nachdem alle miteinander genug gelacht hatten, setzte sich die Hexe rittlings auf ihren Besenstiel und ritt zur Türe und zum Haus hinaus; die Patienten sahen ihr noch nach, bis sie um die nächste Straßenecke bog.

Unbemerkt gelangte Betty in ihr Haus, zog sich um, kochte das Essen für ihre Familie und verbrachte einen ganz gewöhnlichen Nachmittag. Am nächsten Morgen ging sie wie immer zur Arbeit.

„So, alles ist wieder in Ordnung. Haben Sie mir die üblichen Arztbriefe aufs Diktaphon gesprochen?"

„Ja, und da sind noch die Werbe-Broschüren von zwei Reha-Kliniken; schauen Sie sie mal durch, ob was für uns Interessantes darin steht. Und für den Herrn Spiegelhalder sollen wir noch an die Techniker-Krankenkasse schreiben."

„Mach ich. Gab's hier gestern sonst noch was Besonderes?"

„Ja, eine Hexe war da und hat mich und die Patienten gestrählt. Was die alles wusste, unglaublich! Sie sprach mundartlich gefärbt, aber nicht richtig wie die Leute von hier. Nachher sprang sie davon in Richtung Ortsmitte. Aber ich glaub eigentlich nicht, dass sie von hier war."

„Woher kann sie nur alles gewusst haben, auch über die Patienten? Wer kann das nur gewesen sein?"

„Ich weiss es wirklich nicht. Erstaunlich ist nur, wie gut die über alles Bescheid wusste!"

Betty kicherte in sich hinein. Beim Abendessen mit ihrer Familie erzählte sie beiläufig, dass die Praxis ihrer Chefin von einer Hexe heimgesucht worden war. Ihr Mann machte eine ärgerliche Handbewegung: „Wie können die Leute hier nur so närrische Dinge treiben! Schlimm genug, wenn die Brasilianer das tun – aber hier!"

Bettys siebzehnjährige Tochter mischte sich ein: „Darf man denn hier keinen Spaß haben?"

„Zu manchen Leuten passen gewisse Späße – aber zu uns? Nein! Der Hexenspuk, das ist was für die richtigen Schwarzwälder – wir, wir sind halt anders!"

Betty schaute auf die hölzerne Maske an der Wand. Die grinste spöttisch. Und Betty lächelte, aber sie sagte nichts. Wenigstens für einige Stunden hatte sie dazugehört!

Herbstwanderung

Klares, sonniges Herbstwetter – „Komm, laß es uns nutzen für eine Wanderung zwischen bunten Laubwäldern!"

Bei uns auf der rauhen Ostseite des Schwarzwalds überwiegt dunkles Tannengrün. Das Auto trägt uns über die Höhen; tief unter uns das Nebelmeer der Rheinebene, dahinter in der Ferne die blauen Vogesen.

Wir möchten an den Fuß der Berge, zwischen Rebhänge, wo sich nach erstem Frost in jedem Blatt rotes und gelbes Geäder zeichnet. Aber kaum fahren wir bei Freiburg aus dem Schwarzwald heraus, tauchen wir ein in den grauen Nebel. Schemenhaft verzerrt sind die Bäume am Straßenrand, undeutlich drohende Gestalten, andere Fahrzeuge nur Lichter zwischen Schatten. In Emmendingen bei der psychiatrischen Landesanstalt wollten wir die Wanderung beginnen, wir hofften, dort wieder emporzukommen ins Licht – vergebens, die graue Decke hüllt auch dort Erhebungen, Häuser und Baumgruppen in kaum greifbare Schwaden. Wie irrwitzig war unsere Kindheit in Krieg und Flucht, in den Verworrenheiten einer unmenschlichen Ideologie!

Ich studiere die Karte. Ja, dort, einige Kilometer weiter zieht sich's in höhere Lagen – dort müssten wir den Nebel hinter und unter uns lassen. Wir tasten uns vorwärts auf schmalen Sträßchen, von Ortsschild zu Ortsschild – und wirklich, der Nebel wird lichter, wandelt sich zu lockerem Dunst, noch ein Stück, er bleibt zurück, um uns die Hügel der Vorbergzone im Sonnenglanz.

In einem Wirtshaus erfragen wir einen Rundweg mit schönen Ausblicken. Erst zwischen Wiesen hinauf, dann am Waldrand links, über den Sattel, hinab nach Brettental, wieder auf die Höhe, durch den Wald und über die Wiesen zurück.

Wir steigen an. Ein Bauer bringt braune Jauche aus – widerlich der Gestank. Hart war unsere Jugend, geprägt von bitterer Armut und Mangel an jeglicher Orientierung. Und trotzdem genießen wir die Farben: rot, gelb und rostbraun leuchtende Buchen hinter grünen Wiesen und Äckern, in den Tälern die weißen Wattebäusche des Nebels. Fern die Vogesen, über uns Himmelsblau. Von irgendwoher der Klang letzter Kuhglocken. Am Boden große Blätter von Esskastanien, stachelige Schalen, glatte braune Früchte. Erinnerungen: weißt du noch, damals am Südrand der Alpen, die großen Kastanienwälder? Und der Duft der gebratenen Maroni in den Straßen der Stadt? Wie viele Reisen konnten wir machen im Lauf der Jahre, wie viele Länder haben wir gesehen! Warte, der Anstieg hat ein wenig ermüdet, lass uns ein Weilchen verschnaufen. Seit dem Schädelbruch vor einigen Jahren bin ich älter geworden, das war doch ein Einschnitt. Und trotzdem: wir schaffen es beide noch, stehen hier oben, und wir können uns freuen am Blick in die Farben, auf Hügel und Täler, ins Weite.

Ein Stück durch den Wald. Am Sattel kommen mehrere Wege zusammen – welches ist der für uns richtige? Wir wählen den sanften Abstieg, Ausblicke in ein anderes Tal. Leichter Holzrauch weht uns entgegen. Rast auf einer Bank am Wegrand: köstlich die saftige Süße der Birnen!

Vorbei an einzelnen Häusern. Früher fuhren die Leute vom Hang auf den Heuboden. Vielleicht halten sie heute noch ein paar Schafe oder Ziegen, doch sie leben wohl vom Verdienst in der Stadt, vielleicht vom Tourismus. Schön wohnt es sich in dieser abgelegenen Stille – aber ob auch Jüngere die Einsamkeit ertragen, weite Wege für sich und ihre Kinder auf sich nehmen? In Brettental sind ein paar große Gasthöfe, bieten Erholung für genervte Städter.

Einen steilen Berghang hinauf – wir keuchen, bleiben immer wieder stehen, Schweiß steht auf der Stirn, nass geschwitzt ist das Hemd, die Pulse klopfen. Wir blicken zurück. Ja, wir haben schwer gearbeitet und hart gespart, das Haus abgezahlt, den Kindern eine gute Ausbildung vermittelt. Wir lebten einfach, doch das genügte. Wir konnten hinausschauen über den allzu engen Kreis unserer Herkunft. Konflikte blieben nicht aus, Kampf gegen sinnentleerte Tradition, gegen bürokratische Engstirnigkeit, gegen Beschränktheit von manchen Kollegen und Vorgesetzten. Aber es waren auch unsere eigenen Schwächen, die die Konflikte manchmal hart machten. So friedlich liegt das idyllische Tal in der Sonne. Wie ein Rückblick auf ein erfülltes Leben – Mühe und Arbeit verblassen.

Droben am Wald ein breiter, bequemer Weg, erst eben, dann leicht abwärts. Aber unser Wagen steht jenseits des Berges – wohl oder übel müssen wir hinüber, steigen nochmals an auf einer Spur der Holzabfuhr, die sich im Buchenwald zu verlieren droht. Demnächst wird unser Enkel sein Studium beginnen; seine Eltern werden kaum in der Lage sein, es ihm zu bezahlen. Als Großeltern werden wir einen finanziellen Beitrag dazu leisten, der tüchtige Junge verdient es. Trockene Blätter rascheln unter unseren Füßen, Äste knacken. Altes bricht weg, Gefährten der Jugend verlieren sich aus dem Blick. Die kaum erkennbare Spur gabelt sich – ob die von uns gewählte Richtung zum Ziel führt? Unsicher schreiten wir voran, queren eine vom Windbruch geschaffene Lichtung. Ein Häufchen Asche – Waldarbeiter haben hier gerastet. Aber dann stoßen wir auf einen neuen Weg, folgen ihm abwärts, heraus aus dem Wald – und in einiger Entfernung sehen wir den Gasthof, bei dem unser Auto steht. Von den Tälern her kriecht der Nebel heran.

Nach Mittagsrast und Kartenstudium entscheiden wir uns für eine andere Heimfahrt. Auf schmalen Sträßchen über einen Sattel, dann steil hinunter nach Bleibach im Elztal. Eine kleine alte Kapelle und, einen kurzen Steinwurf entfernt, das Beinhaus eines Friedhofs wurden durch eine moderne Konstruktion aus Stahl und Glas umspannt zu einer größeren Kirche; Eintretenden fallen einige bunt bemalte barocke Figuren ins Auge. Erst beim zweiten Blick erkennt man den Eingang zur Seitenkapelle, dem einstigen Beinhaus. Dort zieht sich unter dem niederen Tonnen-Gewölbe das gemalte Totentanz-Fresko aus dem 16. Jahrhundert um den Raum. Etwa meterhohe Menschenbilder, Bauern, Städter und Adlige, Männer und Frauen, Junge und Alte, Arme und Reiche, Geringe und Vornehme – und mit jeder dieser Figuren tanzt der Knochenmann, spielt ihnen auf mit Geige, Flöte oder Trommel. Knappe Verse in altertümlicher Sprache und Schrift geben jedem und jeder seinen oder ihren Spruch. Der kleine Raum wird zum intimen letzten Ruheplatz. Der moderne Kirchenbau davor wirkt warm durch die Holzdecke. Zwischen Stahlträgern gliedern Milchglas-Lamellen das Licht.

Wir fahren heim durchs langgestreckte Simonswälder Tal. Klarblau ist der Himmel; doch am Nachmittag eines Herbsttags liegen die Hänge in dunklen Schatten.